Vorwiegend heiter

Schmunzelgedichte
von
Elke Abt

Herstellung und Verlag:
BoD – Books on Demand, Norderstedt
ISBN: 978-3-7460-1559-0

4

Silvester/Neujahr

Alle Jahre wieder

Alle Jahre wieder
nach dem Weihnachtsfest
drückt und zwickt das Mieder,
das gibt mir den Rest.

Wir sind eingeladen,
Neujahr ist nicht weit,
doch die Kilos schaden,
es passt mir kein Kleid.

Ich versuche alles,
zieh' ein Luft und auch
das Hinterteil, mein pralles,
und den Waschbärbauch.

Ich bin drin im Kleide,
zwäng' mich in die Schuh',
merk', wie ich jetzt leide:
das Kleid, es geht nicht zu.

Ich steh' vor dem Spiegel,
fett und deprimiert,
schau aus wie ein Igel,
rund und unfrisiert.

„So kann es nicht bleiben",
sage ich spontan,
„jetzt beginnt das Leiden,
ich leb' nur vegan."

Ade, du Schokolade,
ade Wurst, Gänsebein,
ich find's jammerschade,
doch das muss jetzt sein.

Alle Jahre wieder
ist's das gleiche Spiel:
es zwickt unser Mieder,
weil man isst zu viel.

Jahreswechsel

Das Jahr geht seinem Ende zu,
wir betten es zur ew'gen Ruh'.
Das neue Jahr steht vor der Tür,
es möge gut sein, wünschen wir.

Und dann, am 1. Januar,
ist es mit viel Getöse da.
Um 0 Uhr wird es laut und bunt,
sogar am Himmel geht es rund.

Überall hört man es krachen,
die Menschen freuen sich und lachen,
als die Raketen aufwärts schießen
und unser neues Jahr begrüßen.

Am Himmel platzen sie entzwei
und geben bunte Kugeln frei,
die sich entfalten nach dem Knallen
und langsam dann herunterfallen.

„Ein frohes und gesundes Jahr!",
wünscht man sich fröhlich offenbar
und hofft, dass es auf dieser Erde
überall bald Frieden werde.

Silvester/Neujahr

Silvester nimmt sich jeder vor:
Ich will es besser machen,
wie es da war im alten Jahr,
im neuen lass ich's krachen.
Der Vater sagt: „Im neuen Jahr,
da will ich mit euch reisen,
denn ich gehör' noch lange nicht
zum Schrott und alten Eisen.
Außerdem nehm' ich mir vor,
das Rauchen aufzugeben.
Vielleicht bereitet der Entschluss
mir noch ein langes Leben."

Die Mutter denkt: Ich habe wohl
zuviel Geld ausgegeben,
denn solche Summen braucht man nicht,
um anständig zu leben.
Im neuen Jahr wird alles anders,
da werde ich mehr sparen,
vielleicht reicht unser Urlaubsgeld
dann gar für die Kanaren.
Dazu will ich im neuen Jahr
die Süßigkeiten meiden,
denn meine Kleidung wird sehr eng
und ich fang' an zu leiden.

Die Tochter mault: „Ich bin jetzt blank
und brauche dringend Geld,
das Knausern macht mich noch ganz krank,
weil ständig etwas fehlt.
Im alten Jahr verkniff ich mir
so manchen Herzenswunsch,
im neuen Jahr wird alles anders,
sonst zieh' ich einen Flunsch.
Ich spare jetzt im neuen Jahr,
geh' nicht so oft zur Disco,
dafür flieg' ich nach Kanada
oder San Francisco."

Der Knirps, der noch zur Schule geht,
sagt jetzt zu der Familie,
natürlich auch zum Schwesterherz
und Omama Emilie:
„In diesem Jahr, ich geb' es zu,
war ich ein wenig faul.
Im neuen Jahr, da büffel ich
und geh' auch mal mit Paul.
Außerdem verspreche ich,
mein Zimmer aufzuräumen
und werde in der Schule nicht
beim Unterricht mehr träumen."

Paul ist ein Deutscher Schäferhund,
er nagt an einem Knochen
und denkt: Die essen stets das Fleisch,
was hab' ich nur verbrochen?
Nächstes Jahr krieg' ich das Fleisch,
da könnt ihr Gift drauf nehmen,
die Menschen sind doch unsozial
und sollten sich was schämen.
Demnächst schleich' ich mich geradewegs
zu Nachbars Pudeldame,
die ich schon lange heiß begehr',
Bianca ist ihr Name.

Die Oma hört sich alles an,
doch ihr Gehör lässt nach,
sodass sie leider nichts versteht,
ihr Tinnitus macht Krach.
„Prost Neujahr, Kinder, lasst es sein,
so wie zuletzt es war.
Ich wünsch' euch alles Gute dann
fürs kommende Kalenderjahr.
Gesundheit und Zufriedenheit
sind auch noch zu erwähnen,
in allem eine schöne Zeit
mit Glück und wenig Tränen."

Ein frohes neues Jahr

Das alte Jahr hat heimlich sich
und still davongemacht,
das neue kommt mit Qualm und Krach,
und zwar um Mitternacht.
Man hört das Knallen rundherum,
das Zischen der Raketen,
die Pyromanen freuen sich,
dagegen andere beten,
dass nichts passiert in dieser Nacht,
sie wollen es nicht hoffen,
denn viele der Beteiligten
sind garantiert besoffen.

Denkt niemand an die armen Tiere,
die leiden beim Getöse?
Sie laufen zitternd wild umher
und mancher Hund wird böse.
Sie sind verstört noch tagelang
und Pusel, unser Kater,
muss unbedingt wie jedes Jahr
demnächst zum Psychiater.
Der Stubentiger ist verdreht
und traut sich nicht hinaus.
Er schaut aus seiner Katzenhöhle
total verängstigt raus.

Das alte Jahr bescherte uns
mal Sonne und mal Regen,
nun sehen wir dem neuen Jahr
erwartungsvoll entgegen
und hoffen, dass die Politik
sich volksnah stets entscheidet,
damit der Mensch gut leben kann
und niemand unnütz leidet.
In diesem Sinne wünschen wir
bei der Gelegenheit
Gesundheit pur und für uns alle
die Zufriedenheit.

Das neue Jahr

Das neue Jahr begrüßte man
mit Böllern und Raketen,
und manche Leute war'n mit großer
Ladung angetreten.
Es knallte, zischte rundherum,
es qualmte und es stank,
als Feuerwerk nach dem Verglüh'n
in dieser Nacht versank.

Vergessen war der Hinweis auf
Umweltbeschädigung
durch Feinstaub sowie unterschätzte
Lärmbelästigung.
Besonders Tiere hatten Angst
und legten an die Ohren
und manches Haustier hat dabei
die Nerven schon verloren.

Jedes Jahr liest man von Bränden
in besagter Nacht,
die manche Menschen haben schon
um Hab und Gut gebracht.
Manches Mal verloren sie
dabei auch noch das Leben,
das sollte doch den Pyromanen
sehr zu denken geben.

Verzichtet auf die Knallerei
und investiert in Sachen,
die euren Freunden und Familien
besonders Freude machen.
Das so gesparte Geld fürs Knallen
könnte man auch spenden,
um manche Not in dieser Welt
von Menschen abzuwenden.

Ostern

Der Osterhase

Es sitzt der echte Osterhase
behaglich knabbernd an dem Grase
mitten auf der grünen Wiese
von der Tante Anneliese.

Plötzlich fällt ihm dabei ein:
Es muss doch bald schon Ostern sein.
Ich frag' mal nach im Hühnerhaus,
wie es sieht mit den Eiern aus.

Er hoppelt los mit voller Fahrt
zum Hof von Bauer Eberhard.
Dort hört er pausenlos Geschrei:
„Hurra, ich legte gerad' ein Ei!"

Er sieht, wie viele von den Hennen
laut gackernd durcheinander rennen,
um aufgeregt und ganz geschwind
zu rufen, dass sie fertig sind.

Inmitten seiner Hühnerschar
steht stolz der schöne Ottokar
– ein wirklich prachtvoll bunter Hahn –
und hört sich das Getöse an.

„He Mädels", spricht er dann sehr weise,
„geht's ausnahmsweise einmal leise?
Gerad' hat mein Auge wahrgenommen,
dass wir vom Boss Besuch bekommen."

Prompt ist es mit dem Krach vorbei,
die Hennen stoppen das Geschrei
und warten auf den Osterhasen,
der gerade überquert den Rasen.

„Hallo, ihr Hühner, guten Morgen,
ich mache mir allmählich Sorgen
bezüglich dieser kurzen Frist,
bis wieder einmal Ostern ist.

Drum möchte ich euch heute sagen:
Ich brauche in den nächsten Tagen
tausend Eier oder mehr.
Wo krieg' ich die bloß alle her?"

„Kein Problem", gackern die Hennen,
„wir wollen es beim Namen nennen:
Statt täglich einem Hühnerei
produzieren wir halt zwei."

„Das hören meine Ohren gern,
denn das ist doch des Pudels Kern.
Ich hab' es mir schon fast gedacht
und euch auch etwas mitgebracht.

Die Vaseline ist zum Fetten
der geschundenen Rosetten.
Nun los, ihr Mädels, putzt das Gefieder,
bald besuche ich euch wieder."

Der Osterhase läuft sodann
zum Hof von Bauer Lösekann
und fragt das arme Federvieh
in der Legebatterie.

Bunte Eier
zum Osterfest

Der Osterhase legt zum Fest,
vier bunte Eier in das Nest
von einem jungen Geierpaar,
das gerade nicht zu Hause war.

Bei ihrer Rückkehr stutzt der Gatte,
der dieses nicht erwartet hatte.
Misstrauisch fragt er die Frau Geier:
„Seit wann legst du denn bunte Eier?"

Sie schaut verlegen in die Ferne
und spricht: „Das wüsste ich auch gerne.
Ich war das nicht, so glaube mir,
das war gewiss ein anderes Tier."

Menschliches

Früher und heute

Verliert der Bauer im Mai die Hose,
dann war der Knopf im März schon lose.
Die Hose wurde mit der Zeit
zu eng, doch früher war sie weit.
So oder ähnlich lässt sich witzeln,
dabei kommt's sicher von den Schnitzeln,
dem Speck sowie der fetten Wurst,
Gerstensaft für seinen Durst,
Süßigkeiten voll Genuss,
Kalorien im Überfluss.
So konnte man ihn stets erfreuen,
was später musste er bereuen.
Das Hemd wird eng, es kneift die Hose
und davon wird der Knopf dann lose.

Früher hat mit Muskelkraft
der Bauer auf dem Feld geschafft.
Er hat die Rösser angespannt,
ist hinterm Pflug stets her gerannt.
Heut' thront er oben auf dem Trecker,
am Morgen klingelt spät der Wecker.
Das Kühemelken manuell
ist längst passé und wird nun schnell
erledigt von der Melkmaschine,
für Mensch und Tier schon längst Routine.
Auf dem Kornfeld werden jetzt
Mähmaschinen eingesetzt.
Die klopfen gleich die Körner raus
und spucken Strohpakete aus.

Jede Hausfrau hat Maschinen
und kann sie mühelos bedienen.
Das Geschirr spült akurat
der Geschirrspülautomat.
Das Rubbelbrett kennt keiner mehr,
die Waschmaschine musste her.
Selbstständig wäscht mit Akribie
sie alles sauber wie noch nie,
spült danach durch und schleudert dann
so trocken, wie's sonst niemand kann.
Nun wird der Trockner angestellt,
der frisst zwar Strom und kostet Geld,
jedoch entfällt der Gang zur Leine,
das schont die Arme und die Beine.

Danach kann man die Wäsche legen
und muss sich nicht so viel bewegen.
Selbst unser Einkauf ist bequem,
für jeden Menschen angenehm,
wenn er das Auto direkt parkt
vor einem großen Supermarkt.
Hier kann man alle Dinge kaufen,
muss nicht in viele Läden laufen,
nicht schleppen schwere Einkaufstaschen
oder die Getränkeflaschen.
Mittags gibt's – warum denn nicht –
irgendein Fastfood-Gericht.
Das schmeckt sehr gut und geht recht schnell,
für jedermann sensationell.
So bleibt viel Zeit für andere Sachen,
die man noch gerne möchte machen.

Jeder kennt das Hauptproblem:
Wir alle leben zu bequem!
Auch manche Kinder sind zu rund
und leben völlig ungesund.
Statt vielfach draußen sich zu tummeln,
sieht man sie an dem Smartphone fummeln.
Sie kennen jede Funktion,
benutzen oft das Telefon.
Statt miteinander Sport zu treiben,
will lieber man im Hause bleiben.
Die Kinder möchten nicht mehr schwitzen,
sondern vor der Glotze sitzen,
dabei Chips und Cola naschen
oder auch womöglich haschen.

Sie merken in der Trägheit nicht,
dass diese führt zu mehr Gewicht.
Darum mahnt euch mein Zeigefinger:
meidet die modernen Dinger.
Lauft und springt, das ist gesund,
dabei verschwindet manches Pfund.

So hofft von Herzen, dass es klappt

Bewegungsmuffel

Elke Abt

Tupperkulose

Es war vor beinahe drei Wochen,
da traf beim Einkauf ich die Kati,
die mich nach der Begrüßung fragte:
„Kommst du zu meiner Tupper-Party?"

Ich ging dort hin, wo eine Frau,
ihr Plastikzeug verkaufen wollte.
Sie zeigte Dosen vor mit Deckeln
und wie man sie benutzen sollte.

Ohne diese Haushaltsteile
sei man keinesfalls komplett,
so suggerierte es die Dame
uns höflich und dazu sehr nett.

Drum kreuzte ich in meinem Wahn
– die Schränke quellen über –
dann viele der Artikel an,
zu Haus' bekam ich Fieber.

Ich ging zu der Frau Dr. Schwarz,
die mich gleich inspizierte,
was dann nach einem Ultraschall
zu folgendem Ergebnis führte:

„Sie müssen Tupperpartys meiden",
sprach sie bei ihrer Diagnose,
„Sie haben", fuhr Frau Doktor fort,
„ganz bestimmt Tupperkulose."

Churchill und die Lady

Es war vor vielen, vielen Jahren,
da musste Churchill doch erfahren,
dass eine Lady, wohl bekannt,
ihn fett und recht abscheulich fand.

Es ließ sich leider nicht vermeiden,
dass sie sich trafen, diese beiden.
Sie sagte: „Wären Sie mein Mann,
hätt' Gift ich in den Tee getan."

„Wären Sie denn meine Frau,
wüsste ich schon sehr genau",
sprach er und ließ die Stimme sinken,
„dass ich ihn gerne würde trinken."

Fritzchen

Fritzchen kam ins Haus gestürmt,
laut rufend nach Mama,
er weinte sehr und schon war sie
für ihren Sprössling da.

„Was ist so schlimm, dass du so weinst,
was ist denn nur passiert?",
so fragte sie den Sohnemann
und der sprach sehr pikiert:

„Der Papa baut ein Vogelhaus
und schlug sich auf den Daumen,
nun ist er dick und dunkelblau
wie sonst am Baum die Pflaumen."

„Au weia", meinte die Mama
in Anbetracht der Schmerzen,
die jetzt der Gatte wohl durchlitt,
das Mitleid kam von Herzen.

„Wenn Papa seinen Daumen trifft,
wieso weinst aber **d u ?**"
„Zuerst hab' ich ja noch gelacht . . .",
gab nun der Kleine zu.

Drum merke: Sei nicht schadenfroh,
sonst geht's dir vielleicht ebenso.

Kannibalen

Ein Student kam aus der Ferne
– von China war der junge Mann –,
um unsere Sprache zu studieren
und gut zu speisen dann und wann.

In der Bremer Uni-Mensa
las der chinesische Student
die angebotenen Gerichte,
die man in seinem Land nicht kennt.

Dort stand etwas von „Jägerschnitzel",
„Frankfurter" und so manches mehr,
ebenfalls fand er „Berliner"
und „Arme Ritter" zum Verzehr.

Was ist denn Studentenfutter?
Droht womöglich mir Gefahr?,
dachte sich die Frühlingsrolle
sehr beunruhigt offenbar.

„Bauernfrühstück", „Seemannsteller"
und manch anderes Gericht
entdeckte unser Mann aus China,
danach verzog er sein Gesicht.

Er las etwas von Kohl und Pinkel
und fragte sich, was das wohl sei.
Er hielt es für was Peinliches,
mit seinem Hunger war's vorbei.

Im nächsten Brief an seine Eltern
schrieb er in folgendem Verlauf:
„Ich lebe unter Kannibalen,
die essen ihre Leute auf."

Kein Wunder, dass die Deutschen seien
an Ausländern sehr interessiert.
Sie würden nach erfolgter Prüfung
gleich massenweise importiert.

Rollentausch

Der Mann sagt nach dem Morgenplausch:
„Was hältst du denn vom Rollentausch?
Du bist jetzt ich und ich bin du",
die Gattin stimmt begeistert zu:
„Na gut, dann ruh' ich mich jetzt aus,
du putzt derweil das ganze Haus
und ich leg' mich aufs Canapé,
von wo ich dich gleich schuften seh'."

Frühstückseier

Die junge Hausfrau, frisch vermählt,
hat gerad' der Polizei erzählt,
was sie beim ersten Eierkochen
in ihrer Küche hat verbrochen.

Sie holte sich ein Kochbuch her
und las, das Kochen sei nicht schwer.
So wollte sie für ihren Jochen
zum Frühstück Hühnereier kochen.

Er liebte sie ganz weich und zart
und keinesfalls wie Stein, so hart.
Ideal, so stand dort frei,
sei so ein 5-Minuten-Ei.

Sie las, dass nach der Kocherei
das Ei nun abzuschrecken sei.
Womit denn?, fragte sie sich je,
dann kam ihr plötzlich die Idee.

Nachdem das Wasser war erhitzt,
legte sie dann sehr gewitzt
mit Vorsicht ein paar Eier rein
und stellte sich den Wecker ein.

Er klingelte nach fünf Minuten,
jetzt musste sie sich etwas sputen.
Sie hob die Eier schnell heraus
und machte auch die Platte aus.

Nun setzte sie sich gleich in Trab
und eilte an das Küchenschapp.
Sie holte die Pistole her
und feuerte dann kreuz und quer.

Die Eier waren abgeschreckt,
doch hatte sie bestürzt entdeckt,
dass die Geschosse ihren Gatten
unmittelbar getroffen hatten.

So war nach kurzer Ehezeit
sie nun schon Witwe – tut mir leid.

Verkohlte Bratkartoffeln

In dem Raum, wo's raucht und stinkt,
die Hausfrau schwer nach Atem ringt.
Sie reißt die Pfanne von der Platte
mit Bratkartoffeln, die der Gatte
sich wünschte für das Mittagessen.
Die konnte man jedoch vergessen.

Gerade, als sie auf der Platte
die Pfanne mit Kartoffeln hatte,
da klingelte das Telefon.
Sie eilte hin und hörte schon,
dass ihre Freundin Isabell
erzählte, dass sie ihr ganz schnell
das Neueste berichten müsse,
was sie noch garantiert nicht wisse.

Dem konnte sie nicht widerstehen
und lauschte still, was gerad' geschehen.
Die Freundin war sehr aufgebracht,
hat mal geweint und mal gelacht.
Sie quatschten eine ganze Weile
und waren keineswegs in Eile.

So kam es, wie es kommen musste:
Das Essen auf dem Herd verrußte.
Man konnte es nicht mehr genießen,
den Gatten würde es verdrießen.
So lass dir darum dringend raten:
Bist du beim Kochen oder Braten,
so überhör den Klingelton
und geh niemals ans Telefon!

Tüdeliger Ehemann

Für Heiner und Angelika,
ein nicht mehr junges Ehepaar,
war stets das Frühstück – keine Frage –
der allerschönste Teil vom Tage.

Wenn Heiner seine Frau begrüßte,
er zärtlich auf den Mund sie küsste,
dann köpfte er das Frühstücks-Ei
und gab sich hin der Völlerei.

Doch eines Tags war er verwirrt,
hat in der Reihenfolge sich geirrt:
Er küsste erst das Frühstücks-Ei –
. . . danach erschien die Polizei.

Brautwerbung

Ein junger Mann, der liebte sehr
ein Mädchen, blond und schön,
und konnte kaum erwarten
das nächste Wiedersehn.

Er wollte sie gern haben
als seine Ehefrau,
doch sie sprach: „Frag den Vater,
der nimmt das sehr genau."

Der Mann besuchte also
den Vater, wohl bekannt,
und bat ihn dabei höflich
um seiner Tochter Hand.

Der fragte: „Lieber junger Mann
bist du noch bei Verstand?
Was willst du denn um Gottes willen
nur mit ihrer Hand?

Ich rate dir als Schwiegervater:
Nimm von ihr auch den Rest,
dann feiern wir in Kürze schon
ein großes Hochzeitsfest."

Beim Zahnarzt

Ich war beim Zahnarzt in Behandlung
zwecks einer Überkronung,
die unbedingt vonnöten war
für meines Zahnes Schonung.
Der Zahnarzt hat zuvor geschliffen,
die Kappe musste passen,
sie kam jedoch nicht auf den Zahn,
er hat sie fallen lassen.

Sie landete in meinem Hals,
ich schluckte sie gleich runter,
der Doktor wirkte sehr bestürzt,
doch meinte er dann munter:
„Die findet schon den Weg hinaus,
nun bleiben Sie doch cool,
durchstöbern Sie die nächste Zeit
mal gründlich Ihren Stuhl."

Starr und entsetzt, so saß ich da
und konnte es kaum glauben,
ich dachte: Fehlen diesem Mann
womöglich ein paar Schrauben?
Fassungslos sah ich ihn an
mit einem langen Blick
und such' nun einen anderen Arzt
mit Wissen und Geschick.

Väterlicher Rat

Der Sohn mit Namen Theodor
stellt seine Braut dem Vater vor.
Sie ist sehr hübsch und klug dazu,
das lässt dem Vater keine Ruh'.
Er möchte die Geschicke lenken
und gibt dem Sohn dann zu bedenken:
„Nimm lieber eine dumme Frau,
denn ich weiß leider sehr genau,
dass Schönheit wird recht schnell vergehen,
jedoch die Dummheit bleibt bestehen."

Heirat ausgeschlossen

Es war einmal ein altes Paar,
das mit inzwischen grauem Haar
schon 30 Jahre insgesamt
verweigerte den Ehestand.

Oft fragte man sie – ist's zu fassen:
„Wollt ihr euch denn nicht trauen lassen?"
„Ja, gerne", sagten sie, „jedoch –
wer nimmt uns beiden Alten noch?"

Das Jodeln

Die beiden Brüder Lin und Lan
haben Folgendes getan:
Es handelt sich um zwei Chinesen,
die sind auf Wanderschaft gewesen
mit einem Kofferradio.
Das fiel zu Boden irgendwo
und rollte einen Berg hinunter.
Da stritten sich die beiden munter:
„Hol du die Ladio", rief Lan,
„du hast es schließlich auch getan!"
„Hol du die Ladio", sprach Lin,
„das kommt mir gar nicht in den Sinn."
So stritten sie noch ein paar Stunden,
womit das Jodeln war erfunden.
Nun singt man in den Bergen froh:
Hol du di jö die Ladio!

Beschwerde

Meine Frau – das ist nicht fair –
hat Freundinnen wie Sand am Meer.
Mir gestattet sie nicht eine,
weshalb ich manchmal heimlich weine.
Den Egoismus find' ich schlecht:
Das Leben ist sehr ungerecht.

Die Küchenmaschine

Meine Freundin Erika
– sie wohnt gleich nebenan –
hat eine tolle Knetmaschine
und schwärmt, was die kann.
Sie knetet, rührt, zerkleinert alles,
was man ihr so gibt,
und Erika ist in den Helfer
rettungslos verliebt.

Auch ich hab' eine Knetmaschine,
die das alles kann,
ganz ohne Strom fängt sie von selbst
mit ihrer Arbeit an.
Sie schneidet Zwiebeln, Knoblauch sowie
Kräuter und Salat,
zerkleinert Äpfel und Radieschen
und was sonst man hat.

Sie macht das Frühstück, stimmt mich heiter
– das will ich bemerken –,
dient manches Mal als Blitzableiter
und kann mich so stärken.
Ihr merkt schon, meine Knetmaschine
ist aus Fleisch und Blut.
Mein mir gesetzlich Angetrauter
macht es wirklich gut.

Ich liebe meinen Küchensklaven,
genau wie Erika,
doch frage ich mich, was macht sie,
wenn Strom ist mal nicht da?
Die Sorge brauch' ich nicht zu haben,
denn zu jeder Zeit
ist meine noch voll einsetzbar
und dauerhaft bereit.

Sie war noch nie in Reparatur,
ist quasi wartungsfrei,
vielleicht schick ich sie mal zur Kur –
wie wär's mit Norderney?
Dort werden Leute durchgecheckt,
die Schrauben nachgezogen
und alles, was verändert ist,
wird sauber hingebogen.

Das Fahrgestell wird neu vermessen
und in Form gebracht,
dann wird massiert und eingecremt,
als Therapie gedacht.
Für die Gelenke gibt es auch
ein bisschen Öl zum Schmieren,
So wird die Knetmaschine noch
recht lange funktionieren.

Polnisch

„Ich möchte gerne Polnisch lernen",
verkündet laut die Jule,
„drum melde ich mich morgen an
in unserer Volkshochschule.
Hoffentlich ist diese Sprache
nicht allzu schwer zu sprechen,
sonst muss ich mir den alten Kopf
womöglich noch zerbrechen."

„I wo", mischt Silvia sich ein,
„ich war schon mal in Polen,
die Sprache kann so schwer nicht sein",
sagt sie ganz unverhohlen
und fährt dann fort mit Akribie
– die Leute sind verstört –,
„schon kleine Kinder sprechen sie,
ich hab' es selbst gehört."

Das Alter

Wer schaut denn – kurz mal überlegen –
im Badezimmer mir entgegen
mit wirrem Haar, total verknittert?
„Hallo", krächzt man, die Stimme zittert,
bis es nichts mehr zu rätseln gilt:
Man sieht das eigene Spiegelbild.

Entsetzt greift man zu Kamm und Bürste,
betrachtet seine Augenwürste,
hantiert mit Cremes und den Tinkturen,
um zu beseitigen die Spuren.
Vergeblich bleibt das Präparieren,
man muss das Alter akzeptieren.

Gedächtnisschwund und auch die Falten
sind dauerhaft nicht aufzuhalten.
So hat man irgendwann Plissee
und trinkt nur noch Gesundheitstee.
Von Pfefferminz bis zur Limette
reicht hier die Kräuterteepalette.

Das Denken kreist mit Vehemenz
natürlich um Inkontinenz.
Das Reisen wird dadurch beschwerlich,
denn seien wir doch einmal ehrlich:
Wer möchte schon in Pampers darben
und Angst vor feuchten Windeln haben?

Gott sei Dank kommt das nicht plötzlich,
das wär' für jeden wohl entsetzlich.
So nach und nach stellt man das fest
beim morgendlichen Spiegeltest.
Doch keine Angst – trotz unserer Falten
bleiben wir doch stets die Alten.

Alter schützt vor Torheit nicht

Jan Lütjen ist schon 85
und möchte Medizin
zur Steigerung der Manneskraft
von Dr. Hermelin.
Der Mediziner meint sogleich:
„Das liegt an Ihrem Alter",
was Jan mit Vehemenz verneint
und sagt, dass sein Freund Walter
kann wöchentlich noch zwei-, dreimal
und geht schon auf die Hundert,
worauf der Doktor stutzig wird
und sagt, dass ihn das wundert.
Er spricht mit lächelndem Gesicht
und tickt auf seinen Bauch:
„Ich habe einen guten Rat –
Sagen Sie's doch auch."

Skelett beim Zahnarzt

Zum Zahnarzt kam jüngst ein Skelett
und bat ihn höflich und sehr nett,
ihm gründlich in den Mund zu spähen
und sein Gebiss mal anzusehen.

Der Zahnarzt folgte dieser Bitte
und sprach: „Die Zähne vorn und in der Mitte
sind gut, doch sag' ich mit Bedacht:
Das Zahnfleisch ist's, was Sorgen macht."

Müllabfuhr

Die Männer von der Müllabfuhr,
die schauten leicht entsetzt,
als eine Frau in Kittelschürze
kam aus dem Haus gewetzt.
Die Lockenwickler noch im Haar,
keucht' sie nach flottem Schritt:
„He Männer, ich vergaß euch ganz,
nehmt ihr noch etwas mit?"

Ein Mann, der auf dem „Mülli" stand,
der konnte es nicht fassen
und musste prompt in diesem Fall
die Worte fallen lassen:
„Natürlich", rief der freche Kerl
und stoppte ihren Lauf,
„wir nehmen Sie doch gerne mit,
springen Sie einfach auf!"

Die Verwechslung

Mit Blumen kam der Bürgermeister
zu der Familie Sausewind.
Dort war bereits vor ein paar Tagen
geboren deren zwölftes Kind.
Der Bürgermeister gab dem Vater
außerdem noch einen Scheck,
den konnte er sehr gut gebrauchen
und steckte ihn sorgfältig weg.

Bevor der Bürgermeister ging,
besichtigte man noch den Garten,
wobei der Mann die Gans entdeckte
und fragte, ob das sei der Braten
fürs Weihnachtsfest, was Sausewind
ganz vehement verneinte
und auf die Frage nach dem Tier
dann nur lakonisch meinte:

„Das ist der Storch, der ist erschöpft
und will sich kurz verschnaufen.
Bei unserer großen Kinderschar
hat er die Beine abgelaufen."

Es klingelt . . .

Frau Meyer-Kraus erzählt genau
quasi nur von Frau zu Frau,
weshalb, so sagt sie etwas gram,
sie nun ganz arg ins Grübeln kam.

Sie sprach zur Freundin,
die ganz Ohr: „Susanne, stell dir einmal vor,
es klingelt an der Tür ganz laut
und ich hab' sogleich nachgeschaut.

Draußen steht ein fremder Mann,
der sieht mich freundlich lächelnd an
und fragt mich: ‚Na, Frau Meyer-Kraus,
ist wohl Ihr lieber Mann zu Haus?'

Ich sage: ‚Nein.' Er kommt mir nach
und führt mich in mein Schlafgemach.
Dort hat er gleich, es ist verrückt,
recht ordentlich mich dann beglückt.

Am nächsten Tag, du ahnst es ja,
war dieser Kerl schon wieder da.
Er klingelte und fragte dann
wie tags zuvor nach meinem Mann.

Als ich verneinte, führt' er nett
mich abermals zu meinem Bett,
wo mich der offenbar Verrückte
das zweite Mal total beglückte.

So ging es fort die ganze Woche,
jetzt ist zu Ende die Epoche,
doch denk ich immerzu daran:
Was wollt' der bloß von meinem Mann?"

Kein Grund

Klaus-Dieter geht am See spazieren
und hört die Vögel tirilieren.
Plötzlich schreit ein Mann ganz laut,
das fährt ihm hart unter die Haut.

„Hilfe, Hilfe!", schreit der Mann,
der offenbar nicht schwimmen kann.
Dann taucht er unter. Nach ner Zeit
hört man, wie er dann wieder schreit.

„Was ist denn los?", ruft es vom Ufer.
Der Badende, der bölkt zum Rufer:
„Zu Hilfe, ich hab' keinen Grund."
Klaus-Dieter antwortet: „Na und?
Dann halt gefälligst deinen Mund!"

Die deutsche Sprache

Es **trinkt** der Mensch, es **säuft** das Pferd,
bei manchem ist es umgekehrt,
ein flotter Trinkspruch, zugegeben,
doch sollte man nicht danach streben.
Auch wissen wir, dass Menschen **essen**,
bei den Tieren heißt es **fressen**.
Die Schlange kann jedoch nur **schlingen**,
um es mal auf den Punkt zu bringen.

Man sieht so manchen Menschen **laufen**,
um rasch noch etwas einzukaufen,
bei den Pferden heißt das **traben**,
das ist nichts mehr für alte Knaben.
Die Steigerung nennt man salopp
bei unseren Pferden den **Galopp**,
beim Menschen sagt man dazu **rennen**,
um es dann richtig zu benennen.

Ich liebe unsere deutsche Sprache,
mit der man gut fast jede Sache
detailliert beschreiben kann,
verständlich so für jedermann.
Warum soll man in vielen Dingen
die Wörter stets in Englisch bringen?
Die deutsche Sprache ist doch schön
und sollte nicht verloren geh'n.

Wichtige Interpunktion

Geschriebenes ist lange schon
Sinn gebend durch Interpunktion.
Mancher denkt, sie ist nicht wichtig,
doch liegt er damit selten richtig.

Ich werde mal ein Beispiel nennen,
da kann man deutlich es erkennen:
Ein Nachbar, Frieder kurz genannt,
ist für sein Stören wohl bekannt.

Als mehrmals er bei mir erscheint,
habe ich gereizt gemeint,
indem ich fragte Nachbar Frieder:
„Was willst du denn jetzt schon wieder?"

Setzte ich ein Komma hin,
bekäm' der Satz `nen anderen Sinn.
Es würde heißen: „Lieber Frieder,
was, willst du denn jetzt schon wieder?"

Ich möchte noch ein Beispiel nennen,
das viele von uns sicher kennen.
Mit einem Komma klingt's banal,
ohne ist's jedoch fatal:

falsch: WIR ESSEN GLEICH OMA.
richtig: WIR ESSEN GLEICH, OMA.
Daran erkennt nun jedes Kind,
wie wichtig unsere Kommas sind.

Diätfrust

Ich war bei Dr. Erich Buche,
damit er mich mal untersuche.
Ich wartete schon eine Stunde
und sah gelangweilt in die Runde.
Wie lange sollte das noch gehn?
Mein Sprechtermin war neun Uhr zehn.
Mein Blutdruck stieg, was wohl nicht wundert,
und lag bestimmt schon bei zweihundert!

Dann endlich – nach `ner weiteren Stunde
vernimmt mein Ohr die frohe Kunde,
dass ich die Allernächste bin
und nach Sekunden bin ich drin.
Der Doktor grüßt und fragt mich nun:
„Was kann ich heute für Sie tun?"
Ich schildere ihm die Beschwerden,
worauf er meint: „Das wird schon werden!"

Er fragt mich noch so allerlei.
Inzwischen mache ich mich frei,
damit, was mich ein bisschen stört,
er Herz und Lunge dann abhört.
Nach kurzem Blick auf meine Karte
befühlt er gründlich meine Schwarte,
betrachtet mich mit kühlem Blick
und sagt: „Mir scheint, Sie sind zu dick!"

Er mustert mich ganz unverhohlen
vom Haaransatz bis zu den Sohlen
und sagt, dass er mir dringend rät
zur Reduzierung per Diät.
Voll Überzeugung stimm' ich zu,
nicht ahnend, was ich damit tu'!
„Treiben Sie auch reichlich Sport",
rät er mir noch und geht dann fort.

Am nächsten Tag fang' ich gleich an
und esse nur nach festem Plan.
Statt Wurst kommt Quark aufs Frühstücksbrot,
das macht angeblich Wangen rot.
Mittags, abends Obst und Wurzeln –
ob da wohl ein paar Pfunde purzeln?
Statt Schokolade nur Melonen –
so langsam krieg' ich Depressionen!

Doch tapfer kau' ich viel Salat,
mampf mittags mich durch den Spinat,
gedünstet und ganz ohne Butter
nicht gerade delikates Futter,
ess' Brot, gebacken nur aus Roggen,
versuch' mich manchmal auch im Joggen
und hoffe, dass bei diesem Schinden
die Fettreserven schnell verschwinden.

Eines Nachts träum' ich von Käse,
von Pommes mit viel Majonäse,
von Kuchen, Torten und Pralinen,
lass mich in Restaurants bedienen,
bis dann der Wecker grausam rasselt.
Ich such' sogleich total benasselt
nach allen gerad' geträumten Dingen,
um sie zum Frühstück zu verschlingen.

Danach hab' ich mich sehr geschämt
und mich noch tagelang gegrämt.
Mein Vorsatz kommt jetzt arg ins Wanken,
ich spiele schon mit dem Gedanken,
Schluss zu machen mit dem Theater,
sonst land' ich noch beim Psychiater.
Was schlimmer wär' – ich weiß es nicht –
Seelenklempner oder mehr Gewicht?

Walking

Jeder Sportler von uns weiß,
vorm Erfolg kommt stets der Schweiß.
Ich trug mich kurzentschlossen ein
zum Walken in dem Sportverein.
WALKING ist das „deutsche" Wort
für diesen ganz beliebten Sport.
Angeblich ist er sehr gesund
und man verliert so manches Pfund.

Punkt neun an jedem Donnerstag
beginnt nun diese Müh' und Plag'.
Mit unserer Gruppe wird gewetzt,
mit Schmackes durch den Wald gehetzt,
bis wir zu einer Lichtung kommen,
wo wir sodann, total benommen,
verrenken unsere alten Glieder,
nach vorn und hinten, auf und nieder.

Danach treibt uns die Trainerin
zum Endspurt durch die Wiesen hin.
Die Füße qualmen und mein Knie
eiert schmerzhaft rum sowie
hab' ich die Nase in Verdacht,
dass ihr das Laufen Freude macht.
Der ganze Körper rebelliert
und die Frisur ist ramponiert.

Nach etwas mehr als einer Stunde
beenden wir nun diese Runde
und finden uns dann trotzdem ein
am nächsten Donnerstag um neun,
um dort erneut und wie von Sinnen
mit dem Gehampel zu beginnen.
Doch jeder von uns sieht es ein:
Bewegung muss ja nun mal sein.

Natürlich hab' ich übertrieben,
als ich dies habe aufgeschrieben.
Die Trainerin führt mit Elan
unseren müden Haufen an,
ist gut gelaunt und wirkt stets heiter,
die Stimmung gibt sie an uns weiter.
So muss ich überzeugt berichten:
Wir können auf sie nicht verzichten.

Das Schwimmen

An einem dieser wunderschönen
warmen Frühlingstage
besteige ich nach langer Zeit
mal wieder unsere Waage
und sehe nun auf dieser
aus der Höhe leicht verschwommen,
dass in den Wintermonaten
ich habe zugenommen.

Die Schmerzgrenze ist jetzt erreicht,
es kneifen meine Hosen,
die Blusen spannen vorne rum,
sogar die vormals losen.
Wo früher mal die Taille war,
ist nix mehr von zu sehen,
die Oberschenkel treffen sich
beim Sitzen und beim Gehen.

Ich rufe meinen Hausarzt an,
erzähle die Beschwerden,
worauf er meint, das sei nicht schlimm
und würde wieder werden.
„Treiben Sie nur etwas Sport
– wie wäre es mit Schwimmen?
Dabei verliert man schnell das Fett
und kann den Körper trimmen."

Am Abend seh' ich einen Film
mit vielen Buckelwalen
und dicken Robben, die sich faul
auf einer Sandbank aalen.
Mein Vorsatz kommt nun arg ins Wanken
und ich hab' nachgedacht,
ob diese schweren Tiere haben
etwas falsch gemacht.

Obwohl die Säuger dauernd schwimmen,
im Wasser sogar leben,
hat es kein einziges schlankes Tier
in diesem Film gegeben.
Der Rat vom Hausarzt hat mich nun
auch völlig irritiert.
Ich glaube, der hat keine Ahnung,
hat gründlich sich geirrt.

**Nicht alles, was ein Doktor sagt,
ist immer gut und richtig,
manchmal ist eine Therapie,
wie's scheint, auch null und nichtig.**

Der Frühling

Der Schnee ist weg, die Sonne scheint,
im Baume singt ein Star.
Der Frühling ist jetzt aufgewacht,
die schönste Zeit im Jahr.
Nach dieser langen Winterzeit
will keiner länger warten
und manchen zieht es förmlich raus
in den geliebten Garten.

Hier wird gegraben und geharkt,
die Schäden abgeschnitten,
denn mancher Zweig von Baum und Strauch
hat unterm Frost gelitten.
Nur Schneeglöckchen und Krokusse,
die können was vertragen
und stecken ihre Köpfe raus,
auch an sehr kalten Tagen.

Die Lebensgeister sind erwacht
bei Menschen und den Tieren.
Die Balz beginnt, denn das Gefühl
fängt an, uns zu regieren.
Überall in der Natur,
da finden sich die Paare
und alles wiederholt sich nun –
wie die vergangenen Jahre.

Der Mai

Bald ist zu Ende der April,
der Mai steht vor der Tür.
Die Vögel zwitschern laut und schön
zu unserem Pläsier.

Doch droht uns allen auch Gefahr,
die Bäume schlagen aus,
drum halte Abstand, wenn du gehst
in die Natur hinaus.

Nun wird es auch die höchste Zeit,
das lange Gras zu kürzen
und mancher legt ein Beet sich an
mit Kräutern und Gewürzen.

Mitte Mai, da wird's noch einmal
draußen bitterkalt,
die Eisheiligen ziehen dann
durchs Feld und in den Wald.

Sie kommen und zerstören gern
die schöne Blütenpracht,
die haben manchem Gärtner schon
viel Ärger eingebracht.

Nun folgt auch noch zum Überfluss
die eiskalte Sophie
und killt, was dann noch übrig ist,
mit feiner Akribie.

Verliebte wollen jetzt verstärkt
den Bund der Ehe schließen
und lassen sich trotz der Gefahr
die Hochzeit nicht verdrießen.

Der Mann trägt seine Ehefrau
auf Händen – kann man's fassen?
Ist sie ihm irgendwann zu schwer,
wird er sie fallen lassen.

Affenhitze

Ich sitz' in meinem Eisschrank
und kühle mir den Steiß,
denn während ich dies schreibe,
ist's unerträglich heiß.
Ich feuchte meine Schwarte
mit reichlich Wasser an
und trinke von dem Element,
so viel ich eben kann.

Als Überlebenstraining
ist es fast ideal,
es schmerzt nur von der Kälte
jetzt der Spinalkanal.
Doch was nützt das Gejammer,
nicht jeder sieht es so,
denn manchen macht die Hitze
sogar besonders froh.

Ich warte auf den Winter,
so richtig knackig kalt,
mit Eis und Schneegestöber –
ich hoffe, er kommt bald!

Der Herbst

Der Herbst ist da, schickt uns den Sturm
und macht die Blätter welk,
der Wald wird bunt, das sieht schön aus,
im Haus knackt das Gebälk.
Im Garten fällt das Laub herab,
wir lassen es stets liegen
und warten, bis die Blätter dann
zum Nachbarn rüberfliegen.

Man sieht ihn täglich Blätter fegen,
er gönnt sich keine Ruh',
denn kaum hat er die Flächen frei,
weht alles wieder zu.
So sieht man ihn tagein, tagaus
mit Eifer Blätter harken.
Er locht und archiviert sie dann,
getrennt nach Art und Marken.

Der Igel läuft beim Nachbarn rum,
er sucht nach einem Hafen,
in dem er dann die Winterzeit
in Ruhe kann verschlafen.
Er sucht verzweifelt nach dem Laub,
das gestern hier gelegen
auf Beeten, Rasen, unterm Baum,
sogar auf allen Wegen.

In unserem Garten findet er
ganz hinten in der Ecke,
das, was er sucht, und kriecht hinein,
bis unter unsere Hecke.
Erleichtert legt er sich zur Ruh',
senkt ab die Temperatur
des Körpers und den Herzschlag auch,
so will es die Natur.

Der Winter

Der Winter kommt wie jedes Jahr
mit Minustemperatur,
verschönt mit weißem Zuckerguss
draußen die Natur.
Frau Holle holt die Betten vor
und macht sie so bereit
zum Schütteln aus dem Wolkenheim,
damit es bei uns schneit.

So rieseln leichte Flocken nieder,
bald werden es noch mehr,
und manches Kind holt seinen Schlitten
dann aus dem Schuppen her.
Selbst die Erwachsenen freuen sich
an einer Schneeballschlacht
und auch ein Schneemann wird vergnügt
aus Übermut gemacht.

Nun beginnt die Jagdsaison
für unsere armen Hasen.
Die Jäger haben früh bereits
zum Halali geblasen.
Sie kommen langsam übers Feld
und schießen los mit Schrot.
So viele Jäger sind bekanntlich
des Hasen sicherer Tod.

In den Bergen fährt man Ski,
das ist was für Geübte,
mancher brach sich schon ein Bein,
was ihn dann sehr betrübte.
Die Orthopäden mussten ran,
die Knochen zu sortieren
und für die nächste Skisaison
stabil zu präparieren.

Die Schlittenfahrt

Herr Buttgereit fuhr mit dem Schlitten
die alte Gräfin nach Juditten,
wo sie, wie auch im letzten Jahr,
Silvester eingeladen war.

Buttgereit hatt' schlechte Karten,
er musste in der Kälte warten,
bis die Frau Gräfin wollt' nach Haus.
Dafür gab sie ihm einen aus.

„Hier, Buttgereit, in dieser Tasche
hab' ich für dich 'ne gute Flasche.
Ein Schlubberchen so ab und an
gut gegen Kälte helfen kann."

Der Kutscher folgte ihrem Rat
und schritt des Öfteren zur Tat.
Bald war die Flasche völlig leer
und Buttgereit, der fror nicht mehr.

Dann, mitten in der kalten Nacht,
hat er die Frau nach Haus gebracht.
Sie fuhren durch den finsteren Wald
und Buttgereit, der schlief schon bald.

Das Pferdchen lief in flottem Trab,
doch kam es jetzt vom Wege ab.
Der Schlitten kippte um – herrje –
und beide landeten im Schnee.

Die Frau grapscht' in die Dunkelheit
und fand den Kutscher Buttgereit.
Der lag kahlhäuptig ohne Mütze
auf einer zugefror'nen Pfütze.

Die Gräfin fuhr mit ihrer Tatze
ihm mehrmals über seine Glatze.
Dann sprach sie, und das kam von Herzen:
„Sag, Buttgereit, wo hast du Schmerzen?
Du hast, das musst du nämlich wissen,
ganz arg die Hose dir zerrissen."

Picknick

Der junge Kardel Adomeit
hätt' gern die Lina Maaß gefreit,
die Marjell von nebenan
hat es dem Kardel angetan.

So fragt er bei Gelegenheit:
„Ei Lina, hast du Sonntag Zeit?
Wir gehen raus in die Natur
und wandern froh durch Wald und Flur."

Am Sonntagmorgen um halb acht
ist Kardel aufgeregt erwacht.
In seinen Rucksack packt er ein
etwas zu essen und auch Wein.

Sie wandern durch den schönen Wald
und irgendwann macht Kardel Halt.
Er fragt mit liebevollen Blicken:
„Na Lina, wollen wir picknicken?"

Lina überlegt nur knapp
und lehnt danach entschieden ab,
indem sie zu ihm sagt vermessen:
„Nei, erst mecht ich mal etwas ässen."

Kantine

Der Philosoph Immanuel Kant,
der aß so gerne Klops mit Schmant.
Er trat nie in den Ehestand,
doch war ihm eine Frau bekannt,
die ausgesprochen gerne kochte
und diesen Mann verwöhnen mochte.
Sie kochte auch für die Bekannten,
weshalb die sie „**Kantine**" nannten.

Verewigt wurde so der Name
dieser gastfreundlichen Dame.
Man nennt die Räume, die beliebt
und wo es was zu essen gibt,
– in Firmen ist es schon Routine –
seit langer Zeit bereits **KANTINE.**

Kanada

Wer ahnt, dass es ein Bayer war,
der – ich vergaß in welchem Jahr –
in Nordamerika das Land
hat einfach Kanada genannt.

Auf einem Schiff nach langer Fahrt
sah ein Matrose in der Tat
den Uferstreifen und rief aus:
„He Leute, Land in Sicht voraus!"

Der Käpten sprach zum Steuermann:
„Das sehen wir uns einmal an."
Als Seemann aus dem Bayernland
betrat als Erster er den Strand.

Er lief am Ufer hin und her,
der Strand war völlig menschenleer.
Die Matrosen war'n so frei
und fragten ihn, wo er denn sei.

Der Käpten rief: „Is koana da!"
Seitdem heißt das Land **KANADA**.

Hühneraugen

Heimlich schlichen Hühneraugen
sich auf die kleinen Zehen,
mit denen kann ich weder laufen
noch sehr deutlich sehen.
So ging ich bald zum Augenarzt,
der einen Sehtest machte,
was ihn nach Prüfung und Zensur
zu folgendem Ergebnis brachte:

Er meinte, für `ne Korrektur
soll ich den Hautarzt fragen,
der riet mir zum Veterinär
in etwa 14 Tagen.
„Der kennt sich mit den Tieren aus
und prüft auch deren Augen,
deshalb kann meine Diagnose
am Ende wenig taugen."

Kosenamen

Der junge Hans nennt seine Frau
stets „**Spatzi**" oder „**Mäuschen**",
ist, gerad' vermählt und sehr verliebt,
beinahe aus dem Häuschen.
Bald sind die Tiere etwas größer,
er sagt schon: „Hallo **Häschen**",
bringt Blumen mit und tippt dabei
behutsam auf ihr Näschen.

Nach ein paar Jahren höre ich
den Ausdruck „**dumme Gans**",
sie schlägt zurück mit „**alter Esel**"
und nervt ihren Hans,
der sie beschimpft mit „**alte Ziege**"
sowie „**blöde Kuh**",
so spitzen sich die Eheszenen
ganz dramatisch zu.

Der „**alte Esel**" und die „**Ziege**"
haben sich getrennt,
sind irgendwo dann hingezogen,
wo sie keiner kennt.
Sie landen später vor Gericht,
die Ehe wird geschieden,
mit mehr Verstand und Toleranz
hätte man's vermieden.

Advent

und

Weihnachten

Adventsbasar

Schon lange vor der Weihnachtszeit
ist es wieder mal soweit.
Ich meine hiermit die Basare.
Verzweifelt rauf ich mir die Haare.
Still beginne ich zu leiden,
denn ich kann mich nicht entscheiden,
ob zum hiesigen Basare
oder in die Stadt ich fahre.

Mutig wähle ich dann aus
und eile ins Gemeindehaus.
Konzentriert und wild entschlossen
kämpfe ich mich unverdrossen
an die gut bestückten Stände,
schüttele diverse Hände,
bis ich ganz in meiner Nähe
harte Konkurrenz erspähe.

Ich werde hektisch und ich dränge
mich kampfstark durch die dichte Menge.
O nein, schon wieder die Frau Müller,
die letztens erst den Superknüller
ein paar Sekunden vor mir schnappte,
worauf ich prompt zusammenklappte.
Doch diesmal bin ich schneller hier –
der letzte Kranz gehört jetzt mir.

Ich seh' sie fassungslos verharren,
verlegen mit den Füßen scharren.
Dann dreht sie um und peu à peu
schleicht sie zum Kuchen am Büfett
und kauft die letzte Sahnetorte,
wie hundsgemein, mir fehl'n die Worte.
Ich wünsche mir, dass diesem Weibe
im Hals die Torte stecken bleibe.

Tief geknickt fahr' ich nach Hause
und gönn' mir eine kleine Pause.
Die Familie schreit nach Futter,
doch als basarbesessene Mutter
wechsle nach nur kurzer Ruhe
ich hastig meine Läuferschuhe
und fahre mit zerzausten Haaren
zu all den anderen Basaren.

Advent, Advent

Advent, Advent, ein Lichtlein brennt,
erst eins, dann zwei, dann drei, dann vier,
dann brennt es bis zur Zimmertür.
Bald brennt es lichterloh im Haus,
die Eltern waren beide aus.
Sie hatten – war es denn zu fassen –
den Benjamin allein gelassen.

Der Kleine war um Mitternacht
nach einem Traume aufgewacht.
Er griff sich seinen Teddybär
und lief im Hause hin und her.
Er wollt' zur Mama, das war klar,
doch gerade sie war jetzt nicht da.

Die Betten waren beide leer
und er verstand die Welt nicht mehr.
Er war ja erst vier Jahre alt
und langsam wurde ihm jetzt kalt.
Nach seinen Eltern rief der Wicht,
jedoch die hörten leider nicht.

Er ging hinab die Treppenstiegen,
sah in der Diele etwas liegen,
das mächtig ihn jetzt interessierte
und weshalb Folgendes passierte:
Als er nun ganz hinabgestiegen,
da sah er auf dem Tische liegen
den Adventskranz mit vier Kerzen,
mit Weihnachtsschmuck und goldenen Herzen,
daneben – ach du liebe Zeit –
Streichhölzer lagen griffbereit.

Er nahm die Schachtel in die Hand,
setzte ein Hölzchen nun in Brand
und zündete die Lichter an,
erst eins, dann zwei, dann drei, dann vier –
dann brennt es bis zur Zimmertür .

Vorweihnachtszeit

Nun ist sie da, die Weihnachtszeit
und Heiligabend ist nicht weit.
Die Eins auf den Adventskalendern
wurd' heut' geöffnet an den Rändern
und mancher denkt mit Unbehagen
ans Weihnachtsfest in ein paar Tagen.

Das ist gewiss für viele Leute
der reinste Stress, denn gerade heute
ist Schenken nicht so einfach mehr,
weil teure Gaben müssen her.
Man sieht die Menschen eilig laufen,
um die Geschenke einzukaufen.

Der Sinn vom Christfest ging verloren.
Jesus wurde einst geboren,
was mancher Mensch in Land und Stadt
ganz offenbar vergessen hat.
Man sollte mehr an früher denken
und lieber kleine Dinge schenken.

Ein frohes Fest im Glanz der Kerzen
das wünschen wir von ganzem Herzen
und dass es bald auf dieser Erde
vor allen Dingen Frieden werde.

Wunschzettel
aus dem Jahr 1948

Lieber, guter Weihnachtsmann,

bitte sei so nett
und bring mir doch zu Weihnachten
ein eigenes warmes Bett.

Ich teile mir das schmale Bett
– ich möchte ja nicht lästern –
mit Hildegard und Edeltraud,
meinen beiden Schwestern.

Die eine liegt dicht neben mir,
die andere am Ende,
wo wir mit unseren Füßen sind,
ich finde, das spricht Bände.

Hildegard dreht sich oft um
und spricht sogar im Schlaf,
Edeltraud macht sich gern lang,
ansonsten ist sie brav.

Dauernd werde ich gestört
und kann nicht ruhig schlafen
und hol' ich das Versäumte nach,
will mich der Lehrer strafen.

„He Inge, mach die Augen auf,
du hast nicht zugehört.
In der Schule döst man nicht!",
ruft er dann sehr empört.

Die Mama schläft im anderen Bett
mit unserem Bruder Freddy.
Der Kleine ist vier Jahre alt
und wünscht sich einen Teddy.

Der alte Bär ist ramponiert,
es fehlen beide Ohren
und auch ein Bein von diesem Tier
ging auf der Flucht verloren.

Er riecht nicht gut und außerdem
hat er nicht mehr viel Haar.
Trotzdem hat Freddy ihn sehr lieb,
das ist uns allen klar.

Ich fürchte nur, er kann nicht mehr
sehr lange mit ihm spielen,
ein Auge hängt schon etwas raus
und er beginnt zu schielen.

Hildegard verspricht Dir fest,
in Zukunft brav zu sein,
bringst Du ein Viertel Leberwurst,
so ganz für sie allein.

Ich glaube, mit der Leberwurst
kannst Du sie sehr beglücken.
So kann sie viele Schnitten Brot
mit dieser Wurst verdrücken.

Edeltraud, die möchte gerne
eine Puppe haben
und, wenn es geht, zum Weihnachtsfest
auch ein paar süße Gaben.

Am liebsten mag sie Marzipan,
doch wäre es nicht schade,
wenn Du stattdessen Bonbons bringst
und etwas Schokolade.

Die Mama möchte gar nichts haben,
doch wär's ihr ganzes Glück,
wenn Du bringst unseren lieben Vater
gesund und bald zurück.

Er ist in Kriegsgefangenschaft
– ich hab' vergessen wo –,
Du musst ihn finden, denn er fehlt
uns allen wirklich so.

Dass bald Dein Weihnachtsglöckchen klinge,
das wünscht von Herzen

Deine Inge

Weihnachten kommt plötzlich

Alle Jahre wieder
kommt die Weihnachtszeit.
Ab September macht sich
der Handel schon bereit.
Weihnachten kommt plötzlich,
so ist's jedes Jahr,
und so mancher Mensch steht
mit leeren Händen da.

Noch am Heiligabend
rennt man durch die Stadt,
bis man die Geschenke
dann gefunden hat.
Nächstes Jahr wird's anders,
mancher dann gelobt,
während er gestresst
durch ein Kaufhaus tobt.

Doch wie wir vermuten,
ist's wie jedes Jahr:
Weihnachten kommt plötzlich,
ist auf einmal da.

Weihnachtsgeschenke

Weihnachten ist wieder da,
so heimlich wie im letzten Jahr.
Rechtzeitig heißt es nachzudenken,
was wir in diesem Jahr verschenken.

Das ist nicht einfach, zugegeben,
und manchmal geht es auch daneben,
was in den Versen jedermann
unschwer nun selbst erkennen kann.

Der Opa baute – das war nett –
in diesem Jahr ein Puppenbett
für seine liebe Enkelin,
doch Opa ist schon leicht durchhin.

Annalena rauft die Haare.
Sie ruft: „Ich bin schon 15 Jahre,
mit Puppen spiel' ich eh nicht mehr,
ein neues Smartphone sollte her."

Für Oma, klein und äußerst schmal,
gibt es wie immer einen Schal.
Sie sagt: „Oh danke, welch ein Glück,
ich hab' schon an die 50 Stück."

Dem Opa schenkt man für Arthrose
eine lange Unterhose
zum Wärmen seiner alten Beine,
als hätte er davon noch keine.

Opa sagt: „Ah, vielen Dank,
davon hab' ich noch mehr im Schrank."
Dazu gibt's gegen böse Geister
eine Flasche Jägermeister.

Dem Vater schenkt sein Schwager Heinrich
Viagra – das ist allen peinlich.
Und Vater denkt: Der hat `nen Schaden
und wird nicht wieder eingeladen.

Die Mutter kriegt und ist genervt
ein Ding, mit dem man Messer schärft.
Ironisch lächelnd ohne Flunsch
meint sie: „Das war mein größter Wunsch."

Auch Paul, der Hund, wird nicht vergessen,
er kriegt `nen neuen Napf fürs Fressen,
dazu noch ein paar Dosen Chappi,
das kaufte der Familienpapi.

Nur Lukas öffnet mit Gejohle
den Umschlag mit der vielen Kohle.
Dann wirft er freudestrahlend ein:
„Das Weihnachtsfest könnt' öfter sein!"

Weihnachtsbaumschmuck

Gerd spricht zur Gattin Adelheid:
„Nun ist Advents- und Bastelzeit.
Ich hab' mir etwas ausgedacht –
der Christbaumschmuck wird selbst gemacht.
Das Material für diese Teile
hab' ich im Kopf schon eine Weile."

Die Gattin staunt und glaubt es kaum,
Material im Kopf für'n Weihnachtsbaum?
Sie sagt: „Die Frage sei erlaubt:
Weißt du als Laie überhaupt
und hast schon drüber nachgedacht,
wie man aus **Stroh** die Sterne macht?"

Weihnachtsgeld

Denkt euch, ich hab' unseren Chef gerad' gesehn.
Er kam aus dem Hause und konnte kaum gehn.
Die Hände taten ihm weh, denn er trug einen
Sack, der war gar schwer,
den schleppte er ungeschickt hinter sich her.

Was drin war, möchtet ihr wissen?
Ihr Naseweise, ihr Schelmenpack –
denkt ihr, er wäre offen, der Sack?
Zugebunden bis oben hin,
da war bestimmt unser Weihnachtsgeld drin,
das werden wir schmerzlich vermissen.
Er vergrub den Sack im Garten,
doch wo, das wird nicht verraten.

Weihnachtsstress

Immer zu dem Weihnachtsfest
– ganz plötzlich ist es da –
beginnt erneut der Härtetest,
wie all die anderen Jahr'.
Vater denkt, was schenk' ich nur?,
gerät dann voll in Panik.
Als er noch schnell was kaufen will,
versagt prompt die Mechanik
von seinem Auto, nicht zu fassen,
erst gerade noch vor ein paar Tagen,
da hat er's reparieren lassen,
der Preis schlug auf den Magen.

Wo ist denn bloß die Nummer
vom Autohaus im Ort?,
fragt er sich voller Kummer
und sucht in einem fort.
Was mach' ich bloß? Ich hab' noch nichts
für meine Ehefrau,
so überlegt er hin und her
und weiß doch ganz genau,
dass er es kaum noch schaffen kann
und kriegt total die Krise.
Außerdem hat auf dem Konto
er jede Menge Miese.

Die Mutter ist schon sehr nervös,
sie muss den Baum gleich schmücken.
Dazu will sie wie jedes Jahr
die Möbel noch verrücken.
Auch hat sie Kekse ausgestochen
und liebevoll verziert,
und gleich wird noch die Weihnachtsgans
für morgen präpariert.

Dann nimmt sie etwas Engelshaar
und legt es auf die Zweige,
darunter hängt die Glasfigur
mit einer gold'nen Geige.
Noch ein paar Kerzen müssen her
und Glöckchen sowie Sterne,
aus Stroh gebastelt – wunderschön –
so mögen sie es gerne.

Die Weihnachtskekse in dem Ofen
hat sie längst vergessen,
nun sind sie alle schwarz verbrannt –
man kann sie nicht mehr essen.
Jetzt kommt auch noch der Ehemann
und will telefonieren
und fragt, wo sie die Nummer hat,
sie steht vorm Explodieren.

Der Brandgeruch von dem Gebäck
zieht durch das ganze Haus
und lockt den Sohn Klaus-Heribert
aus seinem Zimmer raus.
„Es brennt, es brennt!",
so ruft der laut,
„holt doch die Feuerwehr!"
Sie schreien alle durcheinander,
der arme Vater kann nicht mehr.

Er flucht und wirbelt wild umher,
wühlt in den schütteren Haaren
und denkt, es ist genauso blöd
wie in den anderen Jahren.
„Seid ihr nicht richtig bei Verstand?
Was soll denn das Gezeter?
Schnurstracks gehst du jetzt in dein Zimmer,
wir sehen uns dann später!"

Die Mutter weiß nicht, was er hat
und schaut ihn wütend an.
„Was ist denn los? Der Junge hat
nichts Unrechtes getan."
Der Sohn zieht traurig sich zurück
und schaut beleidigt drein
und hofft, dass gleich der Weihnachtsmann
wird freundlich zu ihm sein.

Eilige Grüße an die Eltern

Liebe Eltern,

alle Jahre wieder
schreibe ich geschwind
euch ein paar Zeilen nieder,
wie doch die Zeit verrinnt.

Weihnachten steht vor der Tür,
wo ist das Jahr geblieben?
Ostern war doch gestern erst,
als ich zuletzt geschrieben.

Wollte mich doch öfter melden,
euch ab und zu besuchen.
Da fällt mir jetzt gerade ein:
im Ofen backt ein Kuchen.

Den brauch' ich für die Weihnachtsfeier
von unserem Verein
und gleich bestell' ich telefonisch
noch unseren Festtagswein.

Heiligabend ist schon bald,
ich muss noch putzen, schmücken.
Ihr seht, erneut fehlt mir die Zeit,
persönlich anzurücken.

Im nächsten Jahr, da wird es anders,
das sei euch hier versprochen.
Oha, da ist was angebrannt,
ich hab' es gerad' gerochen.

Drum sende ich euch hier noch schnell
ganz liebe Weihnachtsgrüße.
Und kommt gut rein ins neue Jahr.

Bis bald mal

eure Anneliese

Das heutige Weihnachtsfest

Wer taumelt so spät dort
durch Sträucher und Tann?
Ist es vielleicht gar
der Weihnachtsmann?
Der hat viel Humor,
ist ein lustiger Mann,
doch der da ist traurig,
man sieht es ihm an.
Die Jacke ist schäbig
und ihm viel zu weit,
er ist sehr in Eile,
er hat keine Zeit.

Der Mann ist betrunken,
man riecht es bis hier,
den billigen Fusel,
den Wein und das Bier.
Man hört ihn laut singen
ein Lied ohne Sinn,
er torkelt bedenklich,
dann fällt er noch hin.
Er rappelt sich hoch,
denn er muss zu den Kleinen,
die ohne Bescherung
sonst sicherlich weinen.

Er schleppt viele Tüten
von Aldi und Netto,
hat noch andere Billigmarken
in petto.
Er will zu den Armen,
das ist wohl mal klar,
die brauchen nicht
Hummer und Kaviar.
Die freuen sich über
die guten Gaben
für wenig Geld,
das sie nicht haben.

Dabei fällt uns gerade
noch rechtzeitig ein:
Das kann nicht der richtige
Weihnachtsmann sein.
Sein Mantel ist rot
und er trägt einen Bart
und hat für jeden
was Hübsches parat.
Er kommt stets per Schlitten
mit Rentier davor
und ist für die Kinder
dann immer ganz Ohr.

Wenn sie ihm aufsagen
ein nettes Gedicht,
dann strahlt er
über das ganze Gesicht,
beschenkt sie gern
mit den süßen Sachen
und Spielzeug,
um sie damit glücklich zu machen.
Dann muss er weiter,
der gute Mann
und fliegt mit dem Schlitten
ganz zügig voran.

So einfach ist's derzeit
schon lange nicht mehr.
Es müssen sehr teure
Geschenke jetzt her.
Man isst heutzutage
den Kaviar
und Hummer und Trüffel,
das ist jedem klar.
Die Wünsche sind groß
und vor allem sehr teuer,
der Reiche spart dadurch
sogar viel an Steuer.

Der Sinn von dem Christfest
ging leider verloren,
es wurde laut Bibel
der Heiland geboren.
Die besinnliche Weihnacht,
die kann man vergessen,
man ist nur auf teure
Geschenke versessen.
Wer kennt noch ein Lied,
wer noch ein Gedicht,
das zu uns vom Ursprung
der Weihnacht spricht?

Das heilige Fest,
wie es war gedacht,
wird heute zu einem
Konsumrausch gemacht.
Man hört auch von Menschen,
die lautstark sich streiten
und sich und den anderen
nur Ärger bereiten.
Sie essen und trinken
vor allem sehr viel,
besonders der Alkohol
ist hier meist im Spiel.

Wir sollten viel öfter
an früher denken
und sparsamer sein
mit großen Geschenken.
Wir wünschen vor allem,
und das kommt von Herzen,
ein freudiges Fest
ohne Ärger und Schmerzen.
Singt ein paar Lieder
bei Kerzenschein,
vielleicht kehrt der
echte Weihnachtsmann ein.

Wunschzettel
eines Arbeitgebers

Lieber, guter Weihnachtsmann,

schau dir die Bilanzen an.
der Gewinn ist nicht genug,
ich nage bald am Hungertuch.
Woran ich mich wohl nie gewöhne,
sind die unverschämten Löhne.
Zudem steht an – trotz Monatslohn –
die Weihnachtsgratifikation.
Drum, lieber Weihnachtsmann, ich flehe,
dass mir ein Wunder schnell geschehe.

Ich möchte, dass vom Himmel fällt
ein großer Sack, gefüllt mit Geld.
Auch wünsche ich mir einfach kess
ein Auto mit sehr viel PS,
mit Ledersitzen, ganz in Blau,
aparten Schmuck für meine Frau.
Am liebsten mag sie Diamanten,
in Gold gefasst, sowie Brillanten.

Ein Mantel, ganz aus echtem Zobel,
wäre ja besonders nobel.
Selbst mit einem schlichten Nerz
erfreust du garantiert ihr Herz.
Auch eine Kreuzfahrt um die Welt
wird hiermit gleich bei dir bestellt.
Bring Wertpapiere und nicht minder
ein Bündel Scheine für die Kinder.
Ein Sportcoupé wär' auch nicht schlecht
und beiden Kindern sicher recht.

Jetzt hätt' ich Bello fast vergessen,
doch der denkt leider nur ans Fressen.
Ein Platinhalsband wäre nett –
ein Knochen macht ihn doch nur fett.
Nun bitt' ich dich mit Vehemenz:
Schlepp nicht so viel zur Konkurrenz.
Vergiss nichts und sei pünktlich da,

hochachtungsvoll

dein Waldemar

Pflanzliches

Frühlingsblumen

Die Sonne scheint und wärmt die Erde,
damit es nun bald Frühling werde.
Das Schneeglöckchen ist schon erwacht
und will entfalten seine Pracht.
Man sieht es zart das Köpfchen heben
und wachsen – das ist sein Bestreben.

Es ruft beglückt zu seinesgleichen:
„Ich glaub', der Winter wird jetzt weichen.
Kommt schnell heraus und lasst euch wärmen!",
dabei gerät es arg ins Schwärmen.
Das hat die Tulpe auch vernommen
und fragt: „Soll ich nach oben kommen?"

„Nein, nein, zuerst sind wir jetzt dran,
gedulde dich, Frau Tulipan,
danach will ich nach oben locken
den Krokus und die Osterglocken,
du musst noch eine Weile bleiben
und schlafend dir die Zeit vertreiben."

Die Tulpe aber will nicht warten,
sie schlief seit letztem Herbst im Garten,
ist nun voll Energie und Power
und auf das Schneeglöckchen stinksauer.
Sie bohrt sich durch die kalte Erde,
damit sie bald gesehen werde.

Nun ist sie draußen, ganz benommen,
das ist ihr gar nicht gut bekommen.
Der Wind ist eisig und das Wetter
zerstört sofort die Blütenblätter.
Sie wollt' nicht hören, diese Nulpe,
jetzt ist sie tot – die dumme Tulpe.

Die taube Nessel

Der Klatschmohn tratscht sehr ungeniert:
„Die Taubnessel ist nicht rasiert,
und das bereits seit vielen Tagen,
das muss ich heute einmal sagen."
Der Efeu spricht: „Pssst, nicht so laut,
sie hat schon zu uns hergeschaut."
Der Mohn meint daraufhin: „Na und?
Verbiete mir nicht meinen Mund.
Ich sag' es deutlich mit Verlaub,
die hört nix, die ist völlig taub."

Sieglinde

Sie ist meine große Liebe,
jung und rund liegt sie vor mir,
mit einer makellosen Pelle,
innen ist sie weich und schier.
Ihre kleinen runden Augen
blicken mir vertraut entgegen
und ich kann es kaum erwarten,
ihr Inneres jetzt freizulegen.

Sie ist heiß wie ein Vulkan,
das steigert nur noch mein Verlangen,
bei der Sieglinde ganz gezielt
und voller Lust nun zuzulangen.
Wollt' ich sie allzu schnell vernaschen,
würd' ich mir meinen Mund verbrennen,
das mag der eine oder andere
vielleicht aus der Erfahrung kennen.

Drum zügele ich das Begehren
und unterdrücke meine Gier,
stattdessen trinke ich genüsslich
auf der Terrasse ein Glas Bier.
Danach gibt es für mich kein Halten,
ich führe sie an meinen Mund
und kaue sie genüsslich durch,
bevor sie gleitet durch den Schlund.

Ich kenne Linda und Belana,
auch Laura ist mir nicht mehr neu,
doch bleibe ich nun der Sieglinde
auf jeden Fall für immer treu.
Bevorzugt esse ich Kartoffeln
vor Nudeln, Klößen oder Reis,
gepellt, geschält als Salzkartoffel,
egal ob kalt, egal ob heiß.

Gürtelrose

Ich möchte eine Rose kaufen
und gehe ins Geschäft hinein,
wo mich ein Mädchen höflich fragt:
„Welche Rose darf's denn sein?
Wir haben viele schöne Sorten
und aparte Farben da.
Wie wäre es mit gelben Rosen
oder gar der Baccara?"
„Ich nehme eine Gürtelrose",
sage ich ihr ins Gesicht.
Fassungslos sieht sie mich an
und denkt: Die ist doch nicht ganz dicht!

Gurke und Oleander

Die Gurke und der Oleander
verliebten sich einst ineinander.
Leider wohnten sie getrennt,
was man als Fernbeziehung kennt.

Die Gurke fand das gar nicht toll
und blickte täglich sehnsuchtsvoll
auf den entfernten Oleander –
die beiden wollten zueinander.

Die Stimmung wurde immer trüber,
die Gurke schob die Ranken rüber
und wuchs, besonders nach dem Regen,
dem Oleander schnell entgegen.

Eines Tages war sie dort
an diesem angestrebten Ort,
was leidenschaftlich sie genoss
und den Geliebten fest umschloss.

Er fühlte, wie sie ihn erdrückte,
was keinesfalls ihn nun beglückte.
Er wehrte sich in seiner Not –
vergeblich, denn bald war er tot.

Man mag es drehen oder wenden –
manch' Liebe kann auch tödlich enden.

Das Veilchen

Ein Veilchen, blau, im Gras verborgen,
hat mit der Größe seine Sorgen.
Es findet sich rundum zu klein
und möchte gerne größer sein.

Neidisch schaut es oft umher
nach oben in das Blütenmeer,
das leise sich im Wind bewegt
und unser Veilchen sehr erregt.

Plötzlich hört es lautes Knattern,
das bringt das Blümchen arg ins Flattern.
Der Mäher kommt, nach einem Weilchen
erreicht er auch das kleine Veilchen.

Das duckt sich tief ins Gras hinein
und ist nun froh, so klein zu sein.
Das ist von Vorteil, unbestritten,
die Großen hat er abgeschnitten.

Drum merke:
Nicht auf die Größe kommt es an,
vielmehr auf das, was jemand kann.
Ist man vom Wuchs her eher klein,
kann's manchmal auch von Vorteil sein.

Schrumpeline

Der alte Apfel Schrumpeline
lag neben einer Apfelsine.
Die war sehr süß und gut gebaut
und hatte eine glatte Haut.

Der Apfel konnt' vor Neid erblassen
und dabei etwas Gas ablassen.
Die Apfelsine wurde blasser
und durch das Gas auch etwas nasser.

Das Jammern hatte keinen Sinn,
sie faulte langsam vor sich hin.
Drum merke: Schönheit kommt von innen,
darauf sollt' jeder sich besinnen.

Blind

Belana, Linda und Sieglinde
haben Augen, hübsch und klein,
die der Mensch brutal entfernt,
er sticht mit einem Messer rein.

Er hat kein Mitleid mit den Dingern,
dabei weiß hier doch jedes Kind,
die Knollen können nichts mehr sehen
und sind auf allen Augen blind.

Der Mensch ist ein brutales Wesen,
merkt nicht, wie sehr er andere quält,
so wird es schon im Fach Geschichte
aus der Vergangenheit erzählt.

Tierisches

Seltsame Tiere

Der Katzenhai kann nicht miauen,
ist stumm und schwimmt im Meer herum,
der Sekretär ist nur ein Vogel
in Afrika und ziemlich dumm.
Er kann nicht lesen und nicht schreiben
und braucht dazu auch kein Kontor,
die Posthornschnecke kann nicht tuten,
wie stellt man sich denn dieses vor?

Der Admiral, der ist ein Falter
und nicht ein hoher Offizier,
ein Schmetterling der bunten Sorte
und ein sehr flatterhaftes Tier.
Die Kegelrobbe kann nicht kegeln,
die Meerkatze lebt nicht im Meer,
sie wohnt im Urwald auf den Bäumen
und springt dort oben hin und her.

Der Wolfsbarsch hat kein graues Fell
und kommt nicht aus dem Wasser raus,
der Blaue Wiener ist ein Tier
und lebt in dem Kaninchenhaus.
Er hat mit Wien und Österreich
nun ganz gewiss nicht viel am Hut.
Am liebsten frisst er Löwenzahn
und findet frische Möhren gut.

Der Abendsegler kann nicht segeln
und sitzt auch nicht in einem Boot.
Als Fledermaus wär' er im Wasser
mit Sicherheit bald mausetot.
In der Dämmerung fliegt der Säuger
Insektenschwärmen hinterher
und sammelt sie in seinem Mäulchen
zum augenblicklichen Verzehr.

Warum nennt man den Vogel Krähe,
obwohl er gar nicht krähen kann?
Viel besser passte dieser Name
zu Kasimir, dem stolzen Hahn.
Es ist verrückt mit vielen Namen,
auch bei uns Menschen trifft das zu,
ich hörte schon von vielen Frauen,
dass man sie nannte „blöde Kuh".

So könnte man noch eine Weile
gewisse Tiere hier beschreiben,
doch kann man sich auch anderweitig
und sinnvoll seine Zeit vertreiben.

Muskelkater

Gestern sah ich sehr beklommen
Jan Meier mir entgegenkommen,
unsern Nachbarn hier zur Linken,
er ging gebückt und schien zu hinken.

Ich fragte ihn, ob er sei krank,
„Nein", sagte er, denn Gott sei Dank
sei harmlos diese Körpermarter
und käm' von seinem Muskelkater.

Darüber hab' ich nachgedacht
und Sorgen mir dabei gemacht.
Ich kenne Wild- und Siamkatzen
mit Krallen an den kleinen Tatzen.

Nie hörte ich – das glaube mir –
von diesem sonderbaren Tier,
das unseren Nachbarn so sehr hetzte
und offensichtlich schwer verletzte.

Drum halte ich jetzt unverdrossen
Tür und Fenster fest verschlossen.
Der Kater ist ein wahrer Graus
und kommt mir nicht in unser Haus.

Jubilo und Kasimir

Ein Pinguin, der konnt' nicht schlafen,
er wollte gern nach Bremerhaven.
Seine Frau, die Jubilo,
lebte dort in einem Zoo.

Sie hatte sich total verschwommen
und war in Deutschland angekommen.
Ein Tierfreund wunderte sich sehr
und brachte sie zum „Zoo am Meer".

Dort bat sie um ein Blatt Papier
und schrieb an ihren Kasimir
– so hieß der arme Pinguin –,
dass sie ganz doll vermisse ihn.

Sie riet ihm, ihr doch nachzureisen,
um vorzüglich mit ihr zu speisen.
Der Service sei hervorzuheben,
so ließe es sich hier gut leben.

„Du musst dich nicht mehr selber plagen,
um unsere Nahrung zu erjagen.
Uns wird das Essen hier serviert",
schrieb sie dem Gatten ungeniert.

Auch dass sie nicht mehr putzen muss,
betrachte sie mit Hochgenuss.
Ein Swimmingpool sei vor der Tür
und koste nicht einmal Gebühr.

So machte Kasimir sich leise
und unverzüglich auf die Reise,
schwamm im Atlantik hoch nach Norden,
wo er Sardinen fand in Horden.

Und eines Tages auf der Reise,
da hörte wunderbarerweise
er Jubilos vertrauten Klang
bei ihrem Pinguingesang.

Er ging an Land und fand den Zoo
und auch sein Weibchen Jubilo,
was keiner jemals wohl bereute,
denn beide leben hier noch heute.

Frühlingserwachen

Der Igel ist gerad' aufgewacht,
der Frühling ist jetzt da,
und nun beginnt für die Natur
die schönste Zeit im Jahr.

Der Mecki reibt die Augen sich,
streicht übers Stachelkleid
und klettert aus dem Unterschlupf,
macht sich zum Start bereit.

Müde schaut er dann umher,
ihm knurrt ganz laut der Magen.
Dringend braucht er gutes Futter
für sein Wohlbehagen.

Er findet ein paar Käferlarven
und noch so mancherlei,
das er sich zu Gemüte führt
und fein zerkaut zu Brei.

Nebenan, da raschelt es,
er sieht ein Igelweibchen
mit einem niedlichen Gesicht
und einem hübschen Leibchen.

Sein Heiratsantrag folgt sogleich,
er gibt ihr Brief und Siegel,
und jeder weiß, was nun passiert:
Sie machen kleine Igel.

Danach macht er sich aus dem Staub,
das klingt für manchen hart.
Kommt so etwas bei Menschen vor,
ist's nicht die feine Art.

Der Zaunkönig

Der Zaunkönig ist kein Monarch
und trägt auch keine Krone.
Er hat kein Schloss und außerdem
sitzt er auf keinem Throne.
Er ist ein Vogel, winzig klein,
der viele Kugelnester baut,
damit die Auserwählte dann
die Eigenheime mal anschaut.

Viel Mühe gibt sich dieser Kleine
und schuftet für sie unentwegt.
Er hofft, dass sie in eins der Nester
dann später ihre Eier legt.
Misstrauisch sieht die Königin
dem Fleißigen von ferne zu
und denkt, wann hört denn der Verrückte
mit Bauen auf, gibt endlich Ruh'?

Erschöpft äugt er zu ihr hinüber
und zwitschernd lädt er sie nun ein,
das erste Nest zu inspizieren,
hochnäsig schlüpft sie jetzt hinein.
Bald sieht man die Klamotten fliegen,
er wartet still und jovial,
die Wohnung scheint ihr nicht zu liegen,
sie findet sie recht asozial.

Darauf fliegt unser kleiner Mann
mit ihr zu seinem zweiten Nest,
das ebenfalls sie gleich verschmäht
und schnellstens wiederum verlässt.
Erst bei dem dritten wird sie milder
– der Kleine ist schon deprimiert –,
er kann's kaum fassen, denn die Liebste
ist außerordentlich interessiert.

Nun werden sie sich sehr schnell einig
und richten diese Wohnung ein.
Bald fängt sie an mit Eierlegen,
und er kann wieder glücklich sein.

Zecke und Regenwurm

Die Zecke und der Regenwurm
die wollten auf den Fernsehturm
und das gesamte Ortsgeschehen
der Hauptstadt mal von oben sehen.

Der Regenwurm aus einem Beet,
der hatte Angst, er käm' zu spät
und machte sich auf seine Weise
schnurstracks auf diese lange Reise.

Die Zecke war bedeutend schlauer
und legte sich gleich auf die Lauer,
bis Menschen liefen durch das Gras,
wo sie in Kauerstellung saß.

Und schwups – schon saß die Zecke lose
beim Menschen auf der langen Hose,
kroch schnell hinab und sehr geschickt
dahin, wo man sie nicht erblickt.

Dann ließ sie sich voll Wohlbehagen
im Fernsehturm nach oben tragen
und sah von dort, wie wunderbar
Berlin von hier zu sehen war.

Derweil erreichte unser Wurm
mit letzter Kraft den Fernsehturm.
Er sah nicht mehr das Abendrot,
denn wenig später war er tot.

Hier machen wir eine Zäsur:
Blinder Eifer schadet nur.
Bevor wir die Geschicke lenken,
wär's gut, darüber nachzudenken.

Die Taube

Eine Taube kam geflogen
und landete auf einem Beet,
dort fing der Vogel an zu picken,
beobachtet von Annegret.
Sie rannte schnell in ihren Garten
und machte draußen reichlich Krach,
die Taube schien das nicht zu stören,
nur Hermann wurde dadurch wach.

Hermann ist der Ehemann,
der seine Gattin nun belehrte,
indem er sagte, dass der Lärm
sei wirkungslos und das Verkehrte.
„Der Vogel hört ja leider nichts",
wie er bestimmt zu wissen glaube,
denn schließlich schon seit Ewigkeiten
heiße er deswegen „Taube".

Hering und Katzenhai

Der Hering sprach zum Katzenhai:
„Was machst du denn am 1. Mai?
Kommst du mit auf das Tanzparkett?
Da war es letztes Jahr ganz nett."

Der Haifisch sagte strikt: „Bewahre –
mir sträuben sich die Nackenhaare.
Auf keinen Fall, nein, ich bedauer",
da wurde unser Hering sauer.

Der Hummer

Vor Helgoland in leichtem Schlummer
liegt auf dem Grund ein kleiner Hummer.
Als er aus seinem Schlaf erwacht,
hat ihn ein Weibchen angemacht.
Sie tänzelt vor ihm ein paar Schritte,
wiegt sich in ihrer Körpermitte
und wirft ihm heiße Blicke zu,
vorbei ist es mit seiner Ruh'.

Die Müdigkeit ist prompt verflogen,
er fühlt sich zu ihr hingezogen
und folgt der Dame rasch und stur
auf ihrer ausgelegten Spur.
Im Panzer spürt er reichlich Feuer,
das ist ihm keinesfalls geheuer.
Die Saat geht auf, die sie gesät,
bis er dann Konkurrenz erspäht.

Ein großer Hummer kommt im Nu
mit Riesenschritten auf ihn zu
und schwingt bedrohlich seine Scheren,
der Kleine auch, er will sich wehren.
Es ist noch Zeit für eine Flucht,
er hat es gar nicht erst versucht.
Er will den Kampf in seiner Wut,
das tut ihm überhaupt nicht gut.

Der Große kneift ihm gleich schnipp-schnapp
mit Leichtigkeit die Scheren ab.
Jetzt liegt vor Helgoland der Hummer
am Meeresgrund und weint vor Kummer.
Er hat sich gründlich überschätzt
und wurde dabei schwer verletzt.
Statt mit dem Stärkeren zu raufen,
ist's klüger schnell davonzulaufen.

Mit einem Satz sei es erklärt:
Ein toter Held ist gar nichts wert.

Die Klapperschlange

Es klapperte die Klapperschlange
sehr intensiv und äußerst lange.
Man hörte es, dass ihr Geklapper
wurd' mit der Zeit dann immer schlapper.
Das hatte einen guten Grund,
die Klapper war nicht mehr gesund.

Der Schmerz im Schwanz saß ganz am Ende
und die Geräusche sprachen Bände.
Sie schlängelte zum Hospital,
um zu beenden ihre Qual
und ging zu einem Orthopäden,
der reparieren sollt' die Schäden.

Er sagte: „Machen Sie sich frei,
ich schaue nach in der Kartei."
Peinlich war das für die Schlange
und es dauerte sehr lange,
ging absolut nicht auf die Schnelle,
bis sie kam aus der alten Pelle.

Dann endlich war die Schlange nackt,
der Doktor hat gleich zugepackt
und sagte ihr die Diagnose:
„Ganz klarer Fall: Es ist Arthrose.
Außerdem – es klingt fatal –
Verengung vom Spinalkanal."

Sie glaubte nicht dem Orthopäden
seine angeführten Schäden.
Seit sie aus ihrer Pelle war,
fühlte sie sich wunderbar.
Die Schlange hatte zugenommen
und deshalb war's zum Stau gekommen.

Sie ringelte sich um sein Knie
und war so glücklich wie noch nie,
war von der Stunde an geheilt
und ist gesund davongeeilt.

Die Moral von der Geschicht':
Traue manchen Ärzten nicht.
Manchmal kann mit kleinen Dingen
große Wunder man vollbringen.

Die Muschel

Eine Muschel kam zum Reden
erst jüngst zu einem Logopäden.
„Mein Mann behauptet, dass ich nuschel",
meinte aufgebracht die Muschel.

Da sagte ihr der gute Mann,
das läge sicherlich daran,
dass Männer – er könnt' es beschwören –
vermeiden richtig zuzuhören.

Hammerhai und Makrele

Der Hammerhai traf die Makrele
und fragte sie, was ihr denn fehle,
die Augen seien ganz verquollen
und auch das Maul sei angeschwollen.

„Ich hatte Streit mit der Dorade,
die fuhr mir gleich in die Parade,
als ich sie höflich bat zu gehen,
das wollte sie wohl nicht verstehen.

Sie hat mich ganz brutal geschlagen
aufs Maul, die Augen und den Magen.
Ich konnte heute noch nichts fressen,
das werde ich ihr nie vergessen."

Der Hammerhai war sehr empört
von dem, was gerade er gehört.
„Das haut mich wirklich fast vom Hocker,
ich glaub', die hat `ne Schraube locker.

Beim Treffen in den nächsten Tagen
werd' ich sie mit dem Hammer schlagen
und sage ihr, sie soll sich schämen
für das unmögliche Benehmen."

Die Makrele hat's genossen,
sie drückte seine kalten Flossen
und wünschte ihm dabei viel Glück
und schwamm zu ihrem Schwarm zurück.

Die Bachforelle

Der Flusskrebs fragt die Bachforelle:
„Kommst du mit mir zu unserer Quelle?"
Die Bachforelle ringt die Flossen
und sagt, sie hätte es genossen,
jedoch sie habe schlimme Schmerzen
im ganzen Körper und im Herzen.
„Ich spür' den Schmerz bis in den Rogen,
ich glaub', die Gräte ist verbogen,
als ich in meinem Überschwang
zwei Meter aus dem Wasser sprang."

Drum merke: Zu viel Übermut
tut selten oder niemals gut.

Wer zuletzt lacht . . .

Ein liebeskrankes Krokodil
lebte gern am großen Nil.
Doch war es voller Schmerz und Pein,
weil einer fing sein Weibchen ein.

Man hat die Arme weggebracht
und eine Tasche draus gemacht.
Bei dem Gedanken kamen Tränen,
darüber lachten zwei Hyänen.

Sie haben nicht mehr aufgepasst
und wurden beide nun erfasst
von einem großen Krokodil,
das sie ertränkte hier im Nil.

Da war nun nichts mehr dran zu machen,
das Krokodil fing an zu lachen,
sogar die Geier auf den Ästen,
denn wer zuletzt lacht, lacht am besten.

Vergebliche Liebesmühe

Ein Entenpaar, sehr alt an Jahren,
sieht man im Frühjahr sich oft paaren,
wobei – der Erpel will's nicht zeigen –
er Mühe hat, sie zu besteigen.

Unsere Ente ist dement,
wie man es auch bei Menschen kennt.
Seit Jahren legte sie kein Ei,
doch schleppt Kastanien sie herbei
vom letzten Herbst und runde Steine,
verteilt im Nest sie ganz alleine
und hofft, dass, wenn sie lange brütet,
sie eines Tages Küken hütet.

Das zeigt: Es ist nicht leicht auf Erden,
als Ente würdig alt zu werden.

Der Adler

Ein Adlermädchen auf dem Baum
sehnt sich nach einem Mann,
mit dem es bald in einem Nest
ein Junges großziehn kann.

Da sieht sie einen Adlermann
hoch oben überm Forst,
doch leider ist der Gute schwul,
er will zu seinem Horst.

Fischige Scheidung

Der Schellfisch fragt den Kabeljau:
„Wie geht es deiner werten Frau?
Ich habe sie nicht wahrgenommen,
so oft ich bin hinausgeschwommen."

Der Kabeljau glubscht sehr verlegen
und kommt dem Schellfisch dann entgegen.
„Die Scheidung läuft, ich weiß es nicht,
wir sehen uns im Fischgericht."

Das Hühnchen

Einst schlüpfte in die Welt hinein
ein Küken, gelb und winzig klein.
Es war ein Hühnchen, das war klar,
drum taufte man es Gisela.

Die anderen Küken, diesem ähnlich,
waren größer und eher männlich.
Man zog sie groß. Auf diese Weise
dienten später sie als Speise.

Doch Gisela blieb klein und zart
und war von sehr besonderer Art.
Sie fühlte sich ganz ungelogen
zu uns Menschen hingezogen.

Sie wuchs heran, man konnt' es sehen,
doch plötzlich fing sie an zu krähen.
So musste dieser arme Tropf
letztendlich in den Suppentopf.

Drum merke: Wer so vorlaut röhrt,
muss in den Topf, wo's keiner hört.

„Oskar", das Kaninchen

Bei uns steht ein Kaninchenstall,
gefüllt mit vielen Tieren,
doch wenn man sie zu Braten macht,
dann geht's mir an die Nieren.
Besonders Oskar Schmusebär
ist mir ans Herz gewachsen,
er wartet drauf, dass man ihn krault
und knallt mit seinen Haxen,
wenn man davongeht und somit
das Kraulen ist vorbei.

Doch vorher gebe ich ihm schnell
noch eine Leckerei.
Dann ist der Abschied nicht so schwer
und er beginnt zu fressen.
So hat er seine Vollmassage
in Kürze wohl vergessen.

Oskar hat `ne Lieblingsbraut,
das ist die „Tigerlilly".
Sie stammt noch aus dem letzten Wurf
von unserem Nachbarn Willi.
Das hinderte ihn nicht daran,
mit anderen fremdzugehen
und das Ergebnis kann man nun
in anderen Ställen sehen.

Mehrfach ist er dort der Vater,
bekommt stets Komplimente,
doch leider zahlt er nirgendwo
seine Alimente.
Er hat schon viele Kinderchen,
ich glaube mehr als hundert,
sodass mich Lillys Abwehrhaltung
keinesfalls verwundert.

Einst durfte Oskar Schmusebär
zu seiner Traumfrau gehen,
aber Lilly ahnte schon,
was mit ihr sollt' geschehen.
Er zeigte die Begeisterung
und konnte es kaum fassen,
doch Tigerlilly zierte sich
und wollte ihn nicht lassen.

Er wurde grantig und begann
schon unwillig zu grummeln,
jedoch die Lilly ihrerseits
verbat sich streng das Fummeln.
Letztendlich hat er dann gesiegt
und machte sie zur Mutter.
Seitdem braucht für die Kinderschar
sie jede Menge Futter.

Kunigunde

In unserem Garten wohnt schon lange
eine Weinbergschnecke.
Ich gehe leise auf sie zu,
dass ich sie nicht erschrecke.
Sie ist, was Wohnen anbetrifft,
ihrer Zeit voraus,
sie hat, wie viele ihrer Art,
ein sehr mobiles Haus.

Es ist ihr kleines Wohnmobil,
ganz rund und wohlgeformt,
und ist perfekt in Form und Stil
nur für das Tier genormt.
Sie trägt das kleine Zauberding
zu unserem Entzücken
mit Würde schon ihr Leben lang
auf ihrem feuchten Rücken.

Als umweltfreundliches Geschöpf
braucht sie nicht mal Benzin.
Sie düst mit purer Muskelkraft,
wenn's sein muss, bis nach Wien.
Auch schädigt sie nicht unsere Luft
mit CO_2-Ausstoß.
Sie ist bescheiden, braucht zum Leben
etwas Grünzeug bloß.

Sie bellt nicht und sie kann auch nicht
mal gackern oder krähen,
drum passen wir besonders auf
beim Graben und beim Mähen.
Wir tauften sie mit Morgentau –
sie heißt nun „Kunigunde"
und dreht in unserem schönen Garten
so manche kleine Runde.

Warum der Bismarck-Hering sauer wurde

Der Bückling kam frisch aus dem Rauch
auf eine große Platte,
daneben Fräulein Matjes lag,
die noch die Unschuld hatte.
Da kam ein Hering namens Bismarck,
der konnte es nicht lassen,
die tugendsame Matjesfrau
unsittlich anzufassen.

Dem Matjesmädchen, gut gereift
im Fass mit lauter Salz,
schwoll daraufhin unkontrolliert
der zarte Matjeshals.
Das Fräulein wies ihn schroff zurück,
weil's sich nicht würde ziemen:
„Hey, Alter, nimm die Flossen weg,
sonst gibt's was auf die Kiemen!"

Der Heringsmann war eingeschnappt
und fühlte kalten Schauer.
Seitdem ist unser Bismarck-Hering
beleidigt und stets sauer.

Ein Reiher

„Wer steht denn da an meinem Weiher?“,
krächzt vorwurfsvoll ein grauer Reiher.
„Was wollen die denn alle hier?
Schließlich ist das mein Revier.“

Es stellt sich raus, dass gerade jetzt
Forellen wurden ausgesetzt,
und zwar vom Angelsportverein
zum Wettangeln für Groß und Klein.

Man sieht die Angler stille stehen,
verstohlen zu dem Nachbarn spähen,
ob der – das wäre ja ein Ding –
den Fisch womöglich vor ihm fing.

Der Reiher schüttelt leicht sein Haupt
und fragt sich: Wer hat das erlaubt?
Sie fangen Fisch – ich muss nicht lügen –
tatsächlich nur für ihr Vergnügen.

Ich schiebe Kohldampf, nicht zu fassen,
und könnte glatt vor Neid erblassen.
Die Menschen sollten sich was schämen,
sie haben wirklich kein Benehmen.

Die Krähe

Gern fahren wir zum Angelteich,
direkt gelegen hinterm Deich.
Dort sehen wir ganz in der Nähe
am Himmel eine alte Krähe.
Sie fliegt nach Osten, froh und munter,
und schaut aufmerksam zu uns runter.
Sie fragt sich, warum wir die Maden
sowie auch Regenwürmer baden
und lässt ertönen unter Ächzen
voll Hohn und Spott ihr lautes Krächzen.

Die übermütige Libelle

Eine übermütige Libelle
mit rotem Punkt auf ihrer Pelle
flog eilig zu des Baches Quelle,
um hier vielleicht auf alle Fälle
einen Partner für die schnelle
notwendige Verpaarungswelle
zu finden. Danach legt sie helle
die Eier sorgsam im Gefälle
des Baches in der kleinen Delle
einer Pflanze auf der Schwelle
von der Stufe dieser Quelle
ab, um pfiffig und recht schnelle
zu reiten auf des Baches Welle.
Da war die kleine Bachforelle
just in dem Augenblick zur Stelle
– sie war gerad' auf dem Weg nach Melle –
und schnappte sich die wirklich helle
übermütige Libelle – gelle?

Pascal, der Zitteraal

Es zitterte der Zitteraal
als er sie sah zum ersten Mal.
Ihr Haupt war glatt und völlig kahl,
der Körper elegant und schmal.
Sie räkelte sich an dem Pfahl
im trüben Wasser vom Kanal.

Prompt fragte höflich der Pascal
– so hieß der kühne Zitteraal –
die holde Maid, ob sie einmal
zusammen speisen im Kanal.
Sie äußerte darauf verbal:
„Ich heiße übrigens Chantal
und überleg' es mir noch mal."

Enttäuschung pur bei dem Pascal.
Da kam ein anderer Zitteraal
und gab der Dame seiner Wahl
eine Kette mit Opal.
Chantal errötete fatal
und wählte diesen Zitteraal.

Pascal schwamm durch ein Jammertal,
zu groß war seine Seelenqual.
Nun war ihm klar, dass allemal
der Reiche siegt mit dem Opal.
Verschmähter, armer Zitteraal!

Der Maulwurf

Der Maulwurf hat ein schwarzes Fell
und eine rosa Nase,
die Ohren sind sehr klein und kurz,
sonst wäre er ein Hase.
Die Augen sind fast nicht zu sehn,
er ist beinahe blind,
da hilft auch eine Brille nichts,
das weiß doch jedes Kind.

Dort, wo er wohnt, da ist es finster
denn er lebt unter Tage,
ernährt sich hauptsächlich von dem,
was für uns wird zur Plage.
Er frisst die Würmer und die Larven
und noch so mancherlei,
bewahrt uns so vor manchem Schädling
und macht uns davon frei.

Drum ist Naturschutz angesagt,
man muss das Tier beschützen.
Dringt er in unsere Gärten ein,
wird ihm das wenig nützen.

Verwandlung der Flunder

Ein Schellfisch und ein Kabeljau,
die konnten sich gut leiden.
So kam es, wie es kommen musste,
das ließ sich nicht vermeiden.
Die beiden glubschten sehr verliebt,
berührten ihre Flossen
und haben diesen Augenblick,
wie's aussah, sehr genossen.

Der Kabeljau war sehr bemüht,
den Schellfisch zu betören,
die Welt versank, das war egal,
sie ließen sich nicht stören.
Da kam 'ne Flunder aufrecht und
gemächlich angeschwommen,
sie war nach ihrem Mittagsschlaf
noch träge und benommen.

Sie sah das Spiel und ganz entsetzt
verdrehte sie die Augen,
denn die Verbindung konnte wohl
auf Dauer wenig taugen.
„Nun bin ich aber wirklich platt",
so blubberte ihr Mund,
und langsam sank sie dann hinab
bis auf den Meeresgrund.

Dort legte sie sich auf die Seite,
die Augen war'n nun oben.
Sie lag ganz still, denn irgendwie
war allerhand verschoben.
So wurde aus dem geraden Fisch
– es klingt fast wie ein Wunder –
auf diese Art und Weise dann
'ne platte olle Flunder.

Die Hummelkönigin

Die Hummelkönigin erwacht
aus ihrem Schlaf im Mauseloch,
wohin sie sich im letzten Herbst
zum Überwintern schnell verkroch.
Sie räumt das trockene Gras beiseite,
mit dem sie einst das Loch verschlossen,
und kriecht erwartungsvoll ins Freie,
wo sie die Sonne hat genossen.

Sie schüttelt ihren Hummelpelz
und lässt sich von der Sonne wärmen,
danach putzt sie den ganzen Körper
und spürt den Hunger in den Därmen.
Sie muss schnell einen Wohnraum finden,
geräumig, trocken und apart,
um einen neuen Staat zu gründen –
sie ganz allein, nach Hummelart.

Am Rande einer großen Wiese
erspäht sie atemlos und schlau
den großen und sehr gut getarnten
Eingang vom Kaninchenbau.
Die Mieter sind längst ausgezogen
oder gar vom Fuchs gefressen,
unserer Hummel ist's egal,
sie fliegt hinein, um auszumessen.

Gesehen und für gut befunden,
geht sie auf Nahrungssuche nun,
denn für geplante Staatenbildung
gibt es noch allerhand zu tun.
Sie muss rasch kleine Kammern bauen,
in die hinein sie Eier legt,
und nach dem Schlüpfen vieler Larven
werden die von ihr gepflegt.

Sie dienen als Arbeiterinnen,
die pflichtbewusst die Kinder pflegen,
da ihre Hummelkönigin
beschäftigt ist mit Eierlegen.
Obwohl sie die Monarchin ist,
sieht sie nie mehr den Sonnenschein,
pausenlos sorgt sie für Nachwuchs
und geht im Herbst elendig ein.

Die Puffotter

Ein junger Mann, genannt Marcel,
traf eine Schlange im Bordell.
Sie schien gefährlich und er fragte,
ob sie ihm ihren Namen sagte.

Sie sah ihm giftig ins Gesicht
und sprach: „Den weiß ich leider nicht.
Ich wohn' schon ewig im Bordell
und finde es sensationell."

Marcel, der wollt' behilflich sein,
dabei fiel ihm der Name ein:
PUFFOTTER hat er sie genannt,
so ist sie heute noch bekannt.

Kater Rambo

Kater Rambo ist verschwunden
in einer hellen Mondscheinnacht.
Er ist gewiss auf Brautschau aus
und liefert sich so manche Schlacht
mit anderen Katern in der Gegend,
die auch auf Freiersfüßen wandeln
und sich mit Krallen und den Zähnen
nach Katerart dann schwer verschandeln.

Ursprünglich hieß der Kater Peter,
doch weil er solch ein Raufbold war,
bekam er bald den Namen Rambo,
der passte besser, ist doch klar.
Er machte diesem Namen Ehre,
war jedes Mal verletzt und krank,
doch überlebte er wie immer
die Abenteuer – Gott sei Dank!

Als Jürgen – das ist Rambos Herrchen –
die Haustür öffnet, weil er hört
ein ungewöhnliches Geräusch,
da sitzt der Kater sehr verstört
und sieht ihn an mit trübem Blick,
ein Auge hängt ein bisschen raus,
vom Ohr fehlt auch ein ganzes Stück.
Er sieht erbarmungswürdig aus.

Jürgen schimpft: „Ich kann's nicht fassen!
Alles wegen dieser Weiber!
Musst du dich so zerfleddern lassen,
nur wegen ein paar Katzenleiber?"
Die Gattin hört das Mordsgezeter,
weckt bissig die Erinnerung,
indem sie sagt: „Kein Neid, mein Lieber –
du warst doch schließlich auch mal jung!"

Brillenschlange

Im hohen Gras liegt eine lange
sehr deprimierte Brillenschlange.
Die Schlange jammert unumwunden:
„Meine Brille ist verschwunden."

So klagt sie weiter unentwegt:
„Wo hab' ich sie bloß hingelegt? –
mein Markenzeichen, wie man weiß,
weshalb ich Brillenschlange heiß'."

Das vernimmt ein kleines Kind,
das auf der Wiese kommt geschwind
mit dicker Brille angerannt
und „Brillenschlange" wird genannt.

„Nun wein doch nicht, ich geb' dir meine",
sagt tröstend jetzt der schlaue Kleine.
„So wird mich keiner mehr erkennen
und nie mehr 'Brillenschlange' nennen."

Sagen und Märchen nach den Gebrüdern Grimm

– etwas anders –

Der Froschkönig

Es war einmal ein junges Weib,
das konnte sehr gut singen
und wollte es als Sängerin
zu etwas Großem bringen.

Sie sang wie eine Nachtigall,
man konnt` es weithin hören,
und mancher Mann ließ sich von ihrer
Stimme schon betören.

Sie übte gern im schönen Garten
ihre Lieder ein.
Dabei kam sie zum Gartenteich,
die Noten fielen rein.

„O je", sprach sie, „was mach' ich bloß,
ich muss die Noten holen."
Doch in dem Teich, da saß ein Frosch,
der sagte unverhohlen:

„Nix da, die Noten kriegst du nicht,
nur über meine Leiche,
wie du an meiner Krone siehst,
bin ich der Chef vom Teiche.

Wenn du mich küsst, dann hol' ich dir
deine Notenblätter,
betrügst du mich, dann gibt es gleich
ein großes Donnerwetter."

Die Frau sah ein, sie sollte tun,
wie er ihr hat geheißen.
Sie musste notgedrungen in
den sauren Apfel beißen.

Sie bot ihm ihren warmen Mund
und stillte sein Verlangen,
der aber kroch geschwind hinein
und war im Hals gefangen.

Sie konnte ihn nicht mehr befrei'n,
es wollte nicht gelingen.
Nun hat sie einen Frosch im Hals,
kann deshalb nicht gut singen.

Sie übte noch trotz alledem
– die Töne waren kläglich –
das arme Tier in ihrem Kropf,
es litt dabei unsäglich.

Und bald ergriff der kühne Frosch
aus ihrem Schlund die Flucht
und hat genervt Hals über Kopf
den Weg zum Teich gesucht.

Drum merke: Küss nie einen Frosch,
das endet meistens schlimm.
Man liest, dass er zum Prinzen wird,
nur bei den Brüdern Grimm.

Rotkäppchen

Es war einmal ein kleines Mädchen
mit einer roten Mütze.
Sie war der Mutter ganzer Stolz
und ihr´ne große Stütze.

Rotkäppchen wurde sie genannt
von den Gebrüdern Grimm,
im Wald traf sie den bösen Wolf,
das fand sie gar nicht schlimm.

Er fragte: „Wo willst du denn hin?"
und meinte sehr vermessen,
„ach ja, du willst zur Großmama,
die werde ich gleich fressen."

Das Kind erschrak. Die liebe Oma
wollte er verschlingen?
Das durfte ihm, so sann sie nach,
auf keinen Fall gelingen.

Sie überlegte voller List:
Wie kann ich das verhindern?
Die Omis sind stets sehr beliebt,
besonders bei den Kindern.

Rotkäppchen sprach: „In diesem Korb
ist delikater Kuchen,
den kannst du, wenn dein Magen knurrt,
gerne mal versuchen."

„Bist du verrückt? Ich bin ein Wolf",
begann er da zu fluchen,
„ein Wolf braucht Fleisch, wie jeder weiß,
der mag gar keinen Kuchen."

Das gute Kind versprach sodann:
„Im Korb ist auch noch Wein.
Den musst du unbedingt probier'n,
komm her, ich schenk' dir ein."

Der Wolf, der äußerst hungrig war,
ließ sich von ihr beschwatzen
und nahm vom Kuchen und dem Wein,
man hörte ihn laut schmatzen.

„Der Wein ist stark und tut mir gut,
der Kuchen wunderbar,
so etwas Gutes aß ich nie
die letzten hundert Jahr'."

Als sie zum Haus der Oma kamen,
da kochte die ganz frisch
Tee und Kaffee und brachte auch
viel Obst auf ihren Tisch.

Bald kam dann noch der Jägersmann,
den bösen Wolf zu töten.
Der aber sprach zum Jäger nun,
man sah ihn leicht erröten:

„Wie du wohl siehst, hab' ich die Oma
weiter leben lassen,
denn ab sofort ess ich kein Fleisch,
ich seh' du kannst's nicht fassen.

Fleisch zu essen finde ich
äußerst unmoralisch.
Ich hab' die Nahrung umgestellt
und ess nur vegetarisch."

Ich weiß nicht, ob die Brüder Grimm
sich jetzt im Grabe drehen –
ein Wolf, der vegetarisch lebt,
wer soll das wohl verstehen?

Oma, Wolf und auch das Kind
sowie die anderen Leute –
wenn sie denn nicht gestorben sind,
so leben sie noch heute.

Frau Holle

Petrus rief Frau Holle an
und fragte sehr direkt,
ob sie noch recht bei Troste sei
und hat sie sehr erschreckt.

Er schnauzte: „Schau mal auf die Erde,
dann siehst du, was geschah.
Ich traute meinen Augen nicht –
es schneit in Afrika."

Frau Holle sah zum Fenster raus
und konnte selber sehen,
in Afrika lag hoher Schnee,
wie konnte das geschehen?

Die Elefanten war'n verwirrt
nur die Hyänen lachten,
während eine Schneeballschlacht
die Affenkinder machten.

„Du liebe Zeit, das darf nicht sein,
ich werde noch verrückt,
da habe in der Hektik ich
den falschen Knopf gedrückt."

Sie eilte in die Wetterkammer,
um das zu korrigieren,
und fragte sich dabei bestürzt,
wie ihr das konnt' passieren.

Nun schaute sie den Nordpol an,
dort war es furchtbar heiß
und unaufhörlich schmolz dahin
am Pol das Gletschereis.

Jetzt folgte rasch die Wetterwende,
es sank die Temperatur
und wechselte auf Minusgrade
dank ihrer Korrektur.

Petrus kam am nächsten Tag
– es war noch früher Morgen –
zu seiner alten Wetterfrau,
er machte sich halt Sorgen.

„Holle", sprach der Petrus sanft
wie zum kranken Pferd,
„in letzter Zeit läuft mit dem Wetter
einiges verkehrt."

Er schlug ihr einen Urlaub vor,
vielleicht auch eine Kur
und schickte ihr für den Transport
den alten Gott Merkur.

Der kam mit seinem schnellen Wagen,
fuhr mit ihr durch die Galaxie,
bog in der Milchstraße rechts ab
ins Land der Fantasie.

Petrus musste für Frau Holle
Ersatz beschaffen und befragte
rasch Goldmarie, die fleißig war
und niemals sich beklagte.

Sie kam ins Wolkenkuckucksheim
und ließ die Sonne scheinen,
sie machte Hagel, Schnee und Wind
und ließ den Himmel weinen.

So konnte die Frau Holle sich
langsam regenerieren,
denn Goldmarie, die passte auf,
dass nichts würd' mehr passieren.

Sie machte ihre Arbeit gut,
was niemals sie bereute –
und wenn sie nicht gestorben sind,
dann leben sie noch heute.

Schneewittchen

Schneewittchen war ein schönes Kind
mit dichtem schwarzen Haar,
die Haut war weiß und rein wie Schnee
und Wangenrot sogar,
der volle Mund war wie gemalt
und lachte jeden an,
die Figur war makellos
mit allem Drum und Dran.

Sie hatte eine Stiefmutter,
die war ein eitles Weib,
sie schaute sich im Spiegel an,
besah sich ihren Leib
und das Gesicht und fragte gern
den Spiegel an der Wand:
„Wen hältst du für die schönste Frau
in unserem großen Land?"

Der Spiegel sprach: „Frau Königin,
Ihr seid die Schönste hier,
Schneewittchen aber ist jedoch
viel schöner noch als Ihr."
Die Königin kochte vor Wut
und schrie den Spiegel an:
„Schneewittchen? Nein, das glaub' ich nicht,
da hast du dich vertan!"

Sie ärgerte sich fürchterlich
und konnte es nicht fassen
und wollte dieses schöne Kind
brutal ermorden lassen.
So rief sie einen Jäger an,
der sollte sie nun töten.
Der brachte das nicht übers Herz
und war in großen Nöten.

Er ging mit ihr in einen Wald
und schickte sie dann fort.
Er sprach zu ihr: „Komm niemals mehr
zurück an diesen Ort."
Er schoss ein Reh, entnahm dem Tier
ein paar der Innereien
und brachte sie der Königin,
um ihr Herz zu erfreuen.

Schneewittchen lief den ganzen Tag
und kam so in die Berge,
wo sie ein schmuckes Häuschen fand,
das Haus der sieben Zwerge.
Sie ging hinein und aß und trank
und legte sich dann schlafen,
denn bei den Zwergen war sie nun
in einem sicheren Hafen.

Als abends spät die Zwerge kamen,
da fanden sie die Schöne
und fragten sich, warum im Schlaf
sie schnarchte und laut stöhne.
Am nächsten Tag erzählte sie
dann alles diesen Zwergen.
Die rieten ihr, sich lange Zeit
bei ihnen zu verbergen.

Schneewittchen putzte, nähte, wusch
und kochte für die Zwerge,
die müde von der Arbeit kamen
aus irgendeinem Berge.
Dort gruben sie den ganzen Tag
nach Gold und Edelsteinen,
denn schließlich war das Leben teuer,
auch für die winzig Kleinen.

Die Stiefmutter, die ahnte nicht,
dass ihre Feindin lebte,
doch eines Tages sah man sie,
wie sie zum Spiegel strebte.
Erneut befragte sie ihn frei
und wollte gerne hören,
wer denn im Land die Schönste sei,
da fing er an zu lören.

Er sagte ihr glatt ins Gesicht,
er könne nicht verhehlen,
dass sie es sei noch immer nicht,
Schneewittchen würde fehlen.
Die Schöne wohnte zwar nicht hier,
sondern in den Bergen,
die sei die allerschönste Frau
und lebe bei den Zwergen.

Das wisse er schon sehr genau,
da helfe auch kein Keifen,
das müsse sie doch akzeptier'n
und langsam mal begreifen.
Sie war in Rage und sie eilte
rasch hin zu dem Computer,
fand die Adresse dann bei Google,
sie war ein schlimmes Luder.

Bald machte sie sich auf den Weg,
Schneewittchen aufzusuchen
und als der Weg kein Ende nahm,
begann sie laut zu fluchen.
Dann endlich nach ′ner Ewigkeit
sah sie das Haus der Zwerge.
Sie wechselte die Kleidungsstücke,
damit sie sich verberge.

Dann klopfte sie am Hause an,
Schneewittchen machte auf.
Draußen stand die Königin,
bot Äpfel an zum Kauf.
Die hatte sie gut präpariert
mit giftiger Tinktur.
Schneewittchen glaubte, die wär'n gut
für ihre Traumfigur.

Sie biss in einen Apfel rein
und fiel sogleich zu Boden.
Es kam der Förster grad' vorbei
in seinem grünen Loden.
Der leistete ihr Hilfe gleich,
war früher Sanitäter.
Schneewittchen war noch etwas bleich
und dankte ihrem Retter.

Die beiden wurden nun ein Paar,
die Königin war fort.
Schneewittchen ging nach Haus zurück,
an den bekannten Ort.
Man feierte die Hochzeit groß,
es kamen viele Leute –
und wenn sie nicht gestorben sind,
dann leben sie noch heute.

Hänsel und Gretel

Es war einmal ein Elternpaar,
das saß gern an der Pier.
Sie waren beide arbeitslos
und lebten von Hartz IV.

Der Vater war ein Junkie,
die Mutter schaffte an
für Rauschgift ihres Mannes,
alles Geld zerrann.

Sie waren schlechte Eltern
für ihr Zwillingspaar,
die Hans und Grete hießen,
sie waren kaum ein Jahr.

Die Kleinen waren hungrig,
die Eltern nicht zu Haus'.
Sie weinten um die Wette,
es war ein rechter Graus.

Oft hörten das die Nachbarn,
so durfte es nicht gehn.
Sie konnten dieses Elternpaar
auf keinen Fall verstehn.

Sie zeigten an den Zustand
bei der Polizei,
die meldete dem Jugendamt
diese Sauerei.

Das holte rasch die Kinder
aus der Wohnung raus
und brachte sie erst unter
in einem Waisenhaus.

Sie fanden Pflegeeltern
und wurden gut betreut,
die Eltern waren traurig
und haben es bereut.

Sie wollten ihre Kinder
auf jeden Fall zurück
und wandten sich ans Jugendamt,
doch hatten sie kein Glück.

Sie sollten sich bewähren
für eine lange Zeit,
dann wäre auch das Jugendamt
zur Rückgabe bereit.

Der Vater machte erst Entzug
und ging zur Therapie,
die Frau ging nicht mehr auf den Strich,
sie putzte in der Früh.

Als dann der Vater clean war,
bekam er einen Job
und von dem Therapeuten
viel Zuspruch und auch Lob.

Nun sind sie mit den Kindern
sehr inniglich vereint.
Das Elend hat ein Ende,
hat stolz das Paar gemeint.

Es freuten in der Nachbarschaft
sich wirklich alle Leute –
und wenn sie nicht gestorben sind,
dann leben sie noch heute.

Loreley

Die Loreley saß auf dem Fels
und kämmte ihre Mähne,
sie trällerte ein Liebeslied
und blickte auf die Kähne.
Ein Schiffer, der den Rhein befuhr,
war vom Gesang betört,
denn solche Töne hat der Mann
noch nie zuvor gehört.

Er schaute zu dem Felsen hin
und fand die Lady toll,
wie sie da sang so süß und schön
in Dur und auch in Moll.
Der arme Schiffer war verzaubert,
mit ihm da war's bald aus,
denn gleich darauf versank der Kahn
im Rhein mit Mann und Maus.

Sie hockt noch immer auf dem Fels,
ihr Haar ist stumpf und grau.
Mit ihrer Schönheit ist's vorbei,
die Stimme klingt sehr rau.
Das Gewand ist faltenreich,
genau wie ihr Gesicht,
es fehlt ein Spiegel auf dem Fels,
der ehrlich zu ihr spricht.

Sie grölt und krächzt das gleiche Lied
wie in noch jungen Jahren,
der Kamm wird kaum noch eingesetzt
bei ihren schütteren Haaren.
Sie gibt nicht auf und will noch mal
einen Schiffer fangen,
einen hübschen jungen Mann,
danach hat sie Verlangen.

Bist du mal auf dem Vater Rhein
und kommst in ihre Nähe,
dann hör nicht hin, was sie da singt,
die alte Nebelkrähe.

Beliebte Städte und Dörfer

Berlin

Berlin ist eine Reise wert,
das weiß doch jedes Kind.
Die Luft soll hier ganz anders sein,
es weht ein anderer Wind.
Langeweile kommt nicht auf,
denn es ist stets was los,
doch für die meisten Dinge braucht
man leider auch viel Moos.

Die Hauptstadt ist ganz zweifellos
in allen Punkten prima.
Die Reise war perfekt geplant,
es stimmte selbst das Klima.
Wir sahen viel und in der Zeit
da freut man sich des Lebens
und schlechte Laune suchte man
bei uns total vergebens.

Wir war'n im Friedrichstadtpalast
und sahen Varieté,
gingen auch zu Kranzler rein
und tranken dort Kaffee,
machten eine Stadtrundfahrt
mit allem Drum und Dran
und schauten uns Berlin bei Nacht
total begeistert an.

Die Hauptstadt ist seit langem schon
bei uns voll in der Planung,
denn von dem Riesenangebot
hat man nur eine Ahnung.
Ob Ku'damm oder Kabarett,
das ist doch ganz egal,
als Reiseziel ist diese Stadt
in jedem Fall genial.

Bremen

Bremen ist `ne tolle Stadt.
Sie bietet allerhand
und ist, wie jeder von uns weiß,
das kleinste Bundesland.
Dazu gehört auch Bremerhaven,
gelegen weiter oben,
wo man als Bürger dieser Stadt
hört oft die Nordsee toben.

Ein Gang durch Bremens Innenstadt
st wirklich zu empfehlen,
drum möchte man das Wichtigste
vor Ort auch nicht verhehlen.
Ob Bürgerpark mit Emma-See,
ob gar die Obernstraße –
das alles ist Vergnügen pur
in allerhöchstem Maße.

Der Bremer Marktplatz mit dem Rathaus
ist schon sehenswert,
davor der Roland mit dem Schild
und seinem langen Schwert.
Er hält die Wacht bei Tag und Nacht,
passt auf, dass nichts passiert
und ist am bunten Treiben dort
nur mäßig interessiert.

Ein Stückchen weiter findet man
die Bremer Musikanten,
die frei nach den Gebrüdern Grimm
die Räuber einst erkannten
und sie mit Ia, Wau, Miau
und Kikeriki vertrieben,
so steht in diesem Märchen es
fast haargenau beschrieben.

Vom Marktplatz geht's zur Böttcherstraße
mit ihrem Glockenspiel.
An der Schlachte ist's noch schöner,
denn dort sieht man sehr viel
von unserer Weser und den Brücken,
die Alt- und Neustadt binden,
Gastronomie mit Publikum
ist dort en masse zu finden.

Ganz zum Schluss muss ich den Schnoor
noch unbedingt erwähnen
mit seinen wunderschönen Gässchen,
die sich ringsum ausdehnen.
Die kleinen Häuschen sind bewohnt
und wirken sehr gepflegt
und mancher hat in seinen Fenstern
Waren ausgelegt.

In diesem sehenswerten Viertel
muss länger man verweilen
und sollte mit Besichtigungen
sich keinesfalls beeilen.
Außerdem kann man dort viele
Souvenirs einkaufen
oder vielleicht im Lokal
sich auch mal kurz verschnaufen.

Wer schon einmal in Bremen war,
kommt immer wieder her,
in diese schöne Weserstadt
mit Charisma und Flair.

Oldenburg

Oldenburg ist wunderschön,
da lässt es sich gut leben
und Langeweile kommt nicht auf,
die hat es nie gegeben.
Die alte hübsche Einkaufsmeile
ist allseits sehr beliebt,
und der Besucher kann nur staunen,
was es alles gibt.

Die Hunte plätschert durch die Stadt,
lädt zum Spaziergang ein
an ihrer Uferpromenade –
bei Wind und Sonnenschein.
Viele Radler sind vor Ort
und nicht nur auf dem Land,
denn als aktive Fahrradstadt
ist Oldenburg bekannt.

Selbst eine Universität
ist in der Stadt vorhanden,
wo mancher das Examen hat
einst mit Bravour bestanden.
Zwischendurch da kann man sich
in den Parks erholen
oder läuft mal durch den Wald
auf leisen Joggingsohlen.

Oldenburg ist beispielhaft
durch zahlreiche Vereine.
Dort findet man Geselligkeit
und bleibt nicht lang alleine.
Ob Kegeln, Tennis oder Segeln,
das ist doch einerlei,
Hauptsache ist, es macht viel Spaß
und man ist gern dabei.

Das mittelalterliche Schloss
will ich hier nicht verhehlen,
dabei ist ein Museumsgang
noch wärmstens zu empfehlen.
Wesermarsch und Ammerland
umgeben diese Stadt
mit grünen Wiesen auf dem Land,
wenn auch nur äußerst platt.

Wer oldenburgisch speisen will,
bestellt sich Kohl und Pinkel,
das ist das Nationalgericht
bis in den letzten Winkel.
Es werden Kohl-und-Pinkel-Fahrten
im Winter unternommen
und wer es ausprobieren will,
der ist hier sehr willkommen.

Wuppertal

Ich denke oft und gern zurück
an die vergangenen Tage
und damit auch an **Wuppertal**,
das ist doch keine Frage.
Die Stadt ist mir ans Herz gewachsen,
ich finde sie sehr schön
und wer sie mal gesehen hat,
der kann das gut verstehn.

Beleuchten wir doch einmal
diese hübsche Stadt
und zählen auf, was diese
Jung und Alt zu bieten hat.
Nicht nur besagter „Manni" rief aus:
„Boah, Wuppertal!",
auch andere Leute finden diese
Stadt ganz ideal.

Sehenswert für die Touristen
ist ihre Schwebebahn,
doch schaut man sich genauso gern
Zoo und Museen an.
Auch eine Universität
gibt's hier in diesem Ort
und außerdem verschied'ne Stätten
für gesunden Sport.

„Deutschlands San Francisco"
wird sie manchmal auch genannt
und ist für steile Straßen sowie
Treppen wohl bekannt.
Filmregisseur Tom Tywker drehte
hier in Wuppertal
und nannte diesen Stadtvergleich
im Interview einmal.

Zehn Stadtbezirke hat der Ort
und bietet sehr viel Grün
und in den Beeten dieser Parks
sieht man die Blumen blüh'n.
Die Wupper fließt durchs Stadtgebiet
rund 20 Kilometer
und schlängelt sich durch grünes Land,
man sieht es wenig später.

Wer in der Stadt schon einmal war
für Tage oder Stunden,
der sagt bestimmt: „Boah, Wuppertal",
um alles abzurunden.

Osterholz-Scharmbeck

Osterholz und Scharmbeck sind
getrennt durch Bahngeleise,
die Übergänge einen sie
dabei auf ihre Weise.
Auch schriftlich wurden sie vereint
durch einen Bindestrich
zu einem Ort auf dem Papier,
denn so gehört es sich.

Dabei ist dieser Ort sehr schön
– wird Gartenstadt genannt –
und außerdem in der Region
als Kreisstadt wohl bekannt.
Der Marktplatz zieht Besucher an
und schmückt den kleinen Ort,
er bietet Bürgern sowie Gästen
vielerlei Komfort.

Wer dort verweilt, der hört ganz leis'
den Bach vorüber fließen
und kann den Anblick rundherum
bei einem Eis genießen.
Die Kirche für das Seelenheil
schließt sich ganz nahe an,
dahinter folgen die Geschäfte,
die man besuchen kann.

Für Mutige ist außerdem
ein Flugplatz noch vorhanden,
auf dem die Segelflieger starten
und später wieder landen.
Ich halte es wie meine Nase,
die hält nicht viel vom Fliegen,
ihr scheint trotz ihrer beiden Flügel
das Laufen mehr zu liegen.

Ganz in der Nähe fließt die Hamme,
ein mooriges Gewässer,
an ihrem Ufer ist gut ruh'n,
'ne Kahnfahrt noch viel besser.
Bis nach Worpswede kann man fahren,
zur Künstlerkolonie,
besucht dort außer diesem Ort
auch eine Galerie.

Im Stadtpark und dem Klosterholz
lässt es sich gut spazieren.
Die Parks sind Gott sei Dank nicht groß,
man kann sich nicht verirren.
Wer Plattdeutsch und das Schauspiel liebt,
der kann zur Speeldeel gehen
und auf Gut Sandbeck in der Scheune
Volkstheater sehen.

Wer einmal in der Kreisstadt war,
kommt gerne wieder her
in diesen kleinen Heimatort
mit Charme und stillem Flair.

Murrhardt

Im Lande Baden-Württemberg
liegt Murrhardt an der Murr,
mit Bergen rund um diesen Ort
zur Naherholung pur.
Der Limes zieht sich durch die Stadt,
bewahrt von unseren Schwaben,
den anno dazumal die Römer
zum Schutz errichtet haben.

Der deutsche Limes-Radweg führt
durch dieses hübsche Städtchen
und lädt die Radler gerne ein
in viele nette Lädchen.
Hier können sie für ihre Fahrt
noch einiges sich kaufen
oder kurz in einer Wirtschaft
zwischendurch verschnaufen.

818 Kilometer
von Bad Hönningen am Rhein
bis Regensburg am Donaufluss
soll diese Strecke sein.
Hier kann man die Pedale treten,
bis dass die Luft ausgeht.
Dann kommt man schnell ins Krankenhaus
ans Sauerstoffgerät.

Ein Wanderweg des Albvereins
durchquert auch diese Stadt,
die außerdem viel Sehenswertes
noch zu bieten hat.
Das Kloster für Benediktiner
ist eine Kirche heute
und bietet sonntags Gottesdienste
für die frommen Leute.

Der Marktplatz mit den Fachwerkbauten
wird gern besucht von allen,
die an den alten schmucken Häusern
finden viel Gefallen.
Der Stadtpark und der Waldsee laden
zum Verweilen ein
und mancher denkt, viel schöner kann's
doch anderswo nicht sein.

Hier kann sich jeder gut erholen,
Seelenschmerz abladen
oder im beheizten Schwimmbad
seinen Körper baden.
Hörschbachschlucht und Felsenmeer,
die ziehen manchen an.
Naturdenkmale, wie man sie
nur selten finden kann.

Wer einmal hier in Murrhardt war,
kommt gerne mal zurück
in dieses Städtchen voller Charme,
Natur und stillem Glück.

Brake

Brake in der Wesermarsch
ist Kreisstadt der Region,
und bietet Bürgern und Touristen
so manche Attraktion.
Gelegen an der Unterweser,
hat dieses schöne Städtchen
neben Schiffsverkehr und Hafen
auch viele hübsche Lädchen.

Hier kann man stundenlang verweilen
und Souvenirs einkaufen
und in einem der Lokale
sich auch mal kurz verschnaufen.
Brake ist als fahrradfreundlich
allseits sehr bekannt
und hat den schönsten Fernradweg
in unserem deutschen Land.

Im Museum von der Schifffahrt
gibt's auf alle Fälle
lehrreiche Dinge anzuseh'n,
vor allem Schiffsmodelle,
die von der Seefahrt viel erzählen
aus der Vergangenheit,
von Krankheit und Entbehrungen
in dieser schlimmen Zeit.

Als Insel mitten in der Weser
grüßt Harriersand herüber.
Die Fähre „Guntsiet" bringt die Gäste
rasch nach dort hinüber.
Der lange Sandstrand lockt Besucher
von fern und auch von nah
und jeder möchte wieder hin,
der dieses Kleinod sah.

Brake hat so viel zu bieten,
ich könnte noch mehr schreiben,
doch dann wird das Gedicht zu lang,
drum lass ich's lieber bleiben.
Wer einmal schon in Brake war,
der will es wiederholen,
per Auto, Fahrrad oder auch
vielleicht auf leisen Sohlen.

Schwanewede

Das Schwaneweder Wappentier,
das ist ein stolzer Schwan,
obwohl ich hier noch keinen sah,
spricht er mich optisch an.
Zwölf Orte zählt die Großgemeinde,
umgeben von Natur
mit Wald und Feld zur Naherholung
und Entspannung pur.

Der Marktplatz liegt gleich mittendrin,
ringsum die vielen Läden
für Lebensmittel und noch mehr,
dort gibt es was für jeden.
Hier findet man bei schönem Wetter
zahlreiches Publikum,
die einen kaufen gerne ein,
die anderen sitzen rum.

Gastronomie hat vorm Lokal
die Stühle hingestellt
und jeder Gast setzt sich dort hin,
wo es ihm gerad' gefällt,
lässt sich mit Speis' und Trank verwöhnen,
trifft hier vielleicht Verwandte
und hört sich die Geschichten an,
die er zuvor nicht kannte.

In unserer Kirche St. Johannes
wird Gott, der Herr, gepriesen
und manchem Gottesdienstbesucher
wird hier der Weg gewiesen,
damit er auf dem rechten Pfad
und nicht daneben wandelt,
danach wird dann im Küsterhaus
das Weltliche behandelt.

Allerlei wird angeboten
im Gemeindehaus,
viele Gruppen und Vereine
gehen ein und aus.
Sie nutzen dessen Räume für
beliebten Chorgesang
sowie auch für Zusammenkünfte
mit Posaunenklang.

Schwanewede tut sehr viel
für Alte und auch Kinder,
bietet Frühstückskreise an
und hat dazu nicht minder
ein Angebot an Kindergärten
sowie Tagesstätten,
doch trotzdem sind es nicht so viele,
wie manche gerne hätten.

Zwei Sportvereine sind genannt,
und zwar mit Kunstradfahren,
erfolgreich und bekannt geworden
in den vielen Jahren.
Sie holten bei den Meisterschaften
Medaillen und Pokale,
wenn akrobatisch und mit Schwung
sie traten die Pedale.

Man könnte hier noch viele Dinge
von dem Ort beschreiben,
doch länger hört mir keiner zu,
drum lass ich's lieber bleiben.

Löhne

Das Weserbergland in Westfalen
mit Else-Werre-Niederung
bleibt mit der schönen Ortschaft Löhne
Besuchern in Erinnerung.
1969 wurde sie zur Stadt gemacht
und ist trotz ihres zarten Alters
größtenteils sehr gut durchdacht.

Zum Ravensburger Land gehörend,
und zwar im Rahmen der Kultur,
besticht die Stadt in erster Linie
rundum durch herrliche Natur.
Die Werre und die kleine Else
plätschern munter durch das Land
und sind bei Bürgern und Besuchern
als Naherholung anerkannt.

Auch ein Museum gibt's in Löhne,
das ist für alle interessant,
denn man erfährt hier viel Geschichte,
die einigen ist unbekannt.
Einst wurd' in Heimarbeit das Leinen
meist von den Frauen hergestellt
und mit dem Drehen von Zigarren
verdiente mühsam man sein Geld.

Weltstadt der Küchen nennt sich Löhne,
hier ist jetzt Möbelindustrie,
die bietet vielen Menschen Arbeit
wie in vergangenen Zeiten nie.
Wo Schmalhans Küchenmeister war,
ist Wohlstand fast für jedermann
und mancher Bürger geht ins Gasthaus,
weil er sich's heute leisten kann.

Schloss Ulenburg, ein Wasserschloss
im Stil der Renaissance,
ist sehenswert und grüßt herüber
durch Bauwerk mit Brillanz.
Auch ist die alte Rürupsmühle
beliebt und in der Tat
zeigt sie, wie man in früherer Zeit
das Brot gebacken hat.

Es gäbe noch so viel zu sagen,
doch will ich lieber schließen
und irgendwann den schönen Ort
im Urlaub gern genießen.

Vegesack

Vegesack – ein schöner Ort,
gelegen an der Weser,
auch „Vegebüdel" gern genannt
auf Platt für alle Leser.
Die Vorstadt Bremens ist per Zug
in Kürze zu erreichen,
man kann jedoch auch auf den Bus
sowie ein Schiff ausweichen.

Vom Bahnhof geht es Richtung Hafen,
den maritimen Part,
weiter dann entlang der Weser
mit Häusern alt und smart.
Am Utkiek, den die Kieferknochen
eines Wales zieren,
gehen Bürger und Touristen
zu jeder Zeit spazieren.

Dahinter gibt es Restaurants,
dort kann der Gast gut speisen,
danach ist auf den Stadtpark ganz
besonders hinzuweisen.
Auf dem Weg liegt links die Fähre,
rechts der Strandlust-Garten,
wo Tische sowie Stühle hier
auf ihre Gäste warten.

Die lange Reeder-Bischof-Straße
mit den vielen Läden
lädt unentwegt zum Shoppen ein,
dort ist etwas für jeden.
Man geht bergan und ist bereits
im autofreien Reich,
das setzt sich oben weiter fort
und führt ins Zentrum gleich.

Zurück kann man die Promenade
am Fluss entlang flanieren
und lässt zufrieden und erschöpft
den Tag Revue passieren
im Strandlust-Garten an der Weser
bei Kaffee sowie Torte
und spricht mit Freunden und Bekannten
noch ein paar nette Worte.

Zufrieden lehnt man sich zurück
am Ende solcher Tage
und denkt: Das wiederhole ich,
das ist doch keine Frage.
Nach Vegesack kommt man sehr gern
und oftmals wieder her,
in Bremens Vorstadt, sehr apart,
mit maritimem Flair.

Blumenthal

Im Norden Bremens an der Weser
liegt der Ortsteil Blumenthal,
früher mal ein schöner Fleck
mit Läden in sehr großer Zahl.
Man sieht am Weserufer heute
fast nur Beton sowie Gestein,
vor vielen Jahren war das anders,
der Strand lud zum Verweilen ein.
Die Menschen schwammen in der Weser,
Kinder spielten gern im Sand
und zu sehen gab es damals
auf dem Fluss so allerhand.

Kleine sowie große Schiffe
kamen von der Nordsee her,
in Bremen löschten sie die Ladung
und fuhren wieder Richtung Meer.
Wenn sie passierten Meyer/Farge
– dort war die tolle Schiffsansage –,
erhielt man aufschlussreiche Antwort
auf die gestellte Herkunftsfrage.
Ein Flaggengruß kam noch zurück,
wenn dann der Pott vorüberfuhr,
danach kam schon das nächste Schiff
zur Dauerunterhaltung pur.

Den Wasserturm, allseits bekannt,
kann man schon aus der Ferne sehn,
wo heute unsere jüngsten Bürger
in den Kindergarten gehn.
Ein ausgedehntes Klinikum
befindet sich in diesem Ort
und Parks als Naherholungsplätze
sowie Stätten für den Sport.
Das schöne Rathaus steht im Zentrum,
unter Denkmalschutz gestellt,
ein Stückchen weiter sind Geschäfte,
wo der Kunde lässt sein Geld.

Auf dem Weg zur Weserfähre
geht man durch die Grünanlage,
wo ein Mahnmal soll erinnern
an vergangene schlimme Tage.
Dort, wo grüner Rasen ist,
war früher ein Barackenlager,
in dem die Zwangsarbeiter hausten,
gefangen, hungernd und sehr mager.
Die Fähre fährt zur anderen Seite,
da ist man schon in Niedersachsen,
wo es noch große Gärten gibt,
in denen viele Früchte wachsen.

Blumenthal hat auch ein Wappen,
das ziert eine hübsche Kogge,
schriftstellerisch war damals tätig
die Autorin Alma Rogge,
auch Tami Oelfken war dabei,
ebenso wie Manfred Hausmann,
als Heimatdichter oft erwähnt,
genau wie Forscher Eduard Dallmann.
Sein Haus in der berühmten Straße
– sie wurde einst nach ihm benannt –
ist vielen Blumenthaler Bürgern
bestimmt seit langem schon bekannt.

Seit 1354 gibt es bereits Haus Blomendal,
eine alte Wasserburg,
restauriert schon viele Mal.
Errichtet wurde sie von Rittern,
heute dient sie der Kultur,
hier sind Konzerte anzuhören,
man hat gewiss Erholung pur.
Das Haus liegt wunderschön im Grünen,
zieht viele Hausbesucher an,
weil man inmitten der Natur
auch gut spazieren gehen kann.

Ich denke, dass ich hier das Meiste
erwähnte vom Ort Blumenthal,
wenn ich etwas vergessen habe,
schreibe ich es nächstes Mal.

Inhaltsverzeichnis

Silvester/Neujahr

Ostern

Menschliches

Advent und Weihnachten

Pflanzliches

Tierisches

293

Sagen und Märchen nach den Gebrüdern Grimm
– etwas anders –

Beliebte Städte und Dörfer

Weitere Bücher von Elke Abt, erschienen bei BoD

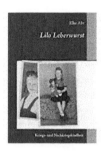

Lilo Leberwurst
Eine Kriegs- und Nachkriegs-
kindheit, **9,99 Euro**
Taschenbuch, 286 Seiten
in großer Schrift
ISBN-13: 978-3739210476

Tierisches und mehr
Humorvolle Kurzgeschichten
und Gedichte über Eigenheiten
der Tiere, **10,00 Euro**
Taschenbuch, 144 S.
in großer Schrift
ISBN-13: 978-3752877755

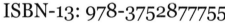

Heiteres
Lustige Kurzgeschichten und
Gedichte, **11,00 Euro**
Taschenbuch, 164 S.
in großer Schrift
ISBN-13: 978-3842337046

Guck mal
Lustige Kurzgeschichten und
Gedichte, **9,90 Euro**
Taschenbuch, 128 S.
in großer Schrift
ISBN-13: 978-3732253333

Advents- und Weihnachtszeit
**Weihnachtsgeschichten
und Gedichte**
Taschenbuch, 108 S.
in großer Schrift, **9,99 Euro**
ISBN-13: 978-3734778278

Deichkieker
Historischer Roman
einer Familie, **15,99 Euro**
Taschenbuch, 504 S.
in großer Schrift
ISBN-13: 978-3734773310

Lieblingsgerichte
Koch- und Backbuch
Sehr einfache Rezepte
Ringbuch, 304 S.,
18,90 Euro
in großer Schrift
ISBN-13: 978-3842377011

Elke Abt

LIEBLINGSGERICHTE

Abenteuer im Mäuseleum
Spannendes **Kinderbuch**
(5–8 J.), große Schrift
Taschenbuch mit vielen
bunten Bildern, **9,90 Euro**
Erstlesealter
108 Seiten
ISBN-13: 978-3732251155